힘겨운 날들 당신 한 사람

마음속에 반딧불로 고마웠습니다.

2022년 새봄, 나태주 씁니다.

한 사람을 사랑하여

믿음이란 한 알의 밀알이 땅에 떨어져 죽음으로 많은 열매를 맺음과 같이
진리의 열매를 위하여 스스로 죽는 것을 뜻합니다. 눈으로 볼 수 없으나
영원히 살아 있는 진리와 목숨을 맞바꾸는 자들을 우리는 믿는 이라고 부릅니다.
「믿음의 글들」은 평생, 혹은 가장 귀한 순간에 진리를 위하여 죽거나 죽기를 결단하는
참 믿는 이들의, 참 믿는 이들을 위한, 참 믿음의 글들입니다.

한 사람을 사랑하여

나태주 시집

홍성사

시 앞에
당신

사람 앞에 시가 있었다. 시 앞에 또 사람이 있었다. 언제나 그런 건 아니지만 번번이 누군가를 간절히 생각하노라면 마음에 빛깔이 떠올랐고 그 빛깔은 말을 불러왔다.

말 가운데서도 예쁘고 사랑스런 말이다. 그것이 번번이 시가 되곤 했다. 한 사람 앞에 한 사람의 시. 이제는 하나의 시 앞에 웃고 있는 한 사람. 그 한 사람은 모두 내가 사랑했던 사람이다.

아니다. 그 한 사람은 잠시나마 나를 사랑했던 사람이다. 시로서는 여러 편. 그 시들 뒤에 있는 사람 또한 여러 사람. 하지만 그 여러 편의 시는 한 편의 시로 수렴되고 또 여러 사람은 한 사람으로 수렴된다.

그 한 사람이 바로 나이고 그 한 사람이 바로 당신이다. 이 시집 속의 시 편 편 앞에 앉아 있는 당신이다. 그리고 나다.

2022년 봄 앞에
나태주 씁니다.

나태주

차례

1부.
한 사람

2부.
당신이 바로 그 한 사람

3부.
한 사람을 사랑하여

1부

한 사람

진종일

진종일 방 안에 갇혀
생각하는 단 한 사람이 있었습니다

진종일 방 안에 갇혀
떠오르는 단 하나의 얼굴이 있었습니다

밤마다 꿈속에서
만나는 단 하나의 얼굴이 있었습니다

산에는 낙엽 갈리는 소리
가슴속에는 그대 속삭인 소리.

세상에 나와 나는

세상에 나와 나는
아무것도 내 몫으로
차지하려 하지 않았습니다

꼭 갖고 싶은 것이 있었다면
푸른 하늘빛 한 쪽
바람 한 줌
노을 한 자락

더 욕심을 부린다면
굴러가는 나뭇잎새
하나

세상에 나와 나는
어느 누구도 사랑하는 사람으로
간직해두고 싶지 않았습니다

꼭 사랑하는 사람이 있었다면
단 한 사람
눈이 맑은 그 사람
가슴속에 맑은 슬픔을 간직한 사람

더 욕심을 부린다면

늙어서 나중에도 부끄럽지 않게
만나고 싶은 한 사람
그대.

바람이 붑니다

바람이 붑니다
창문이 덜컹댑니다
어느 먼 땅에서 누군가 또
나를 생각하나 봅니다

바람이 붑니다
낙엽이 굴러갑니다
어느 먼 별에서 누군가 또
나를 슬퍼하나 봅니다

춥다는 것은 내가 아직도
숨 쉬고 있다는 증거
외롭다는 것은 앞으로도 내가
혼자가 아닐 거라는 약속

바람이 붑니다
창문에 불이 켜집니다
어느 먼 하늘 밖에서 누군가 한 사람
나를 위해 기도를 챙기고 있나 봅니다.

한 사람 1

쓰러질 듯 비틀거리며 사라지는
나의 뒷모습
안 보일 때까지 바라보아주는
한 사람

까무러칠 듯 하루의 노동으로부터
돌아와 잠드는 내 얼굴
날이 샐 때까지 지켜보아주는
한 사람

나중에 나중에
나 세상 떠날 때
망가진 몸과 마음
부드러운 손으로 싸안아 받아주실
오직 한 사람.

들길을 걸으며

1

세상에 와 그대를 만난 건
내게 얼마나 행운이었나
그대 생각 내게 머물므로
나의 세상은 빛나는 세상이 됩니다
많고 많은 사람 중에 그대 한 사람
그대 생각 내게 머물므로
나의 세상은 따뜻한 세상이 됩니다.

2

어제도 들길을 걸으며
당신을 생각했습니다
오늘도 들길을 걸으며
당신을 생각했습니다
어제 내 발에 밟힌 풀잎이
오늘 새롭게 일어나
바람에 떨고 있는 걸
나는 봅니다
나도 당신 발에 밟히면서
새로워지는 풀잎이면 합니다
당신 앞에 여리게 떠는
풀잎이면 합니다.

초록별

키 큰 오동나무와 감나무 사이
비 개어 맑은 하늘
밤 되자 초록별 두엇
호롱불 들고 나왔다

저녁밥조차 얻어먹지 못해
배고픈 별들일까?
사무치게 보고픈 사람
다시 그리워 나온 별들일까?

너울거리는 너른
오동나무와 감나무 이파리 사이
퀭한 눈빛 쏟아질 듯
그렁그렁한 눈물

오늘도 누군가 지상의 한 사람
하늘로 올라가 별들의
등불에 기름을 보태고 있나 보다.

여행에의 종말

오래오래 한 자리에 앉아 있고 싶습니다
여기까지 오기 위해 얼마나 먼 곳을 돌아
얼마나 많은 시간을 버렸겠나?

옆자리에 내 말을 곧잘 알아듣는 귀를 가진
한 사람이 있다면 그것으로 만족입니다
빙그레 웃음 지어줄 줄 아는 사람이라면
더더욱 좋을 일입니다

그의 옆얼굴에 어여쁜 잔주름에 겹쳐진
창밖 풍경에 하염없이 눈길을 던진 체
오래오래 눈물 글썽이고 싶습니다

더욱 오래오래 앉아서 멀리까지
아주 멀리까지 가서 다시는
이곳으로 돌아오지 않고 싶습니다.

사랑에의 권유

사랑 때문에 다만
사랑하는 일 때문에
울어본 적 있으신지요?

보고 싶은 마음 때문에 오직
한 사람이 보고 싶은 마음 때문에
밤을 꼬박 새워본 적 있으신지요?

그것이 철없음이라도 좋겠고
어리석음이라도 좋겠고
서툰 인생이라 해도 충분히 좋겠습니다

한 사람의 여자를 위하여
한 사람의 남자를 위하여 다시금
떨리는 손으로 길고 긴 편지를
써보고 싶은 생각은 없으신지요?

부디 잊지 마시기 바래요
한 사람의 일로 밤을 새우고
오직 그 일로 [illegible] 나
무너질 것만 같았던 날들이 분명
우리에게 있었음을

그리하여 우리가 한때나마 지상에서
행복하고 슬프고도 외로운 사람이었음을
부디 후회하지 마시기 바래요.

너무 늦게

날마다 날마다 신이 주신
첫날처럼 맞이하고
하루하루 이 세상
마지막 날처럼 살다 가리라

만나는 사람마다
오직 한 사람으로 대하고
세상에서 가장 소중한 사람
아름다운 사람으로 맞이하리라

하나란 숫자가 세상에서
얼마나 크고 무거운 것인가를
나는 너무 늦게 알아갑니다.

한 사람이 그립다

혼자서 쓸쓸한 날
저절로 떠오르는 사람
다정스레 웃는 얼굴
내게 있는가?

할 일 없어 시내에 나가
차나 한 잔 마셔야지 생각하며
버스에 올랐을 때 절로 입술에 붙는 이름
내게 있는가?

많은 사람 아니다
더더욱 많은 이름 아니다
오직 한 사람, 한 사람의 이름이
오늘 나는 매우 그리운 것이다.

공감

북한산 기슭의 저녁때
반백의 머리칼 세 사람이
하산하는 길이다
하루 종일 산길을 헤매고
비까지 맞아 고달픈 몸
한 사내가 말했다
따뜻한 잠자리가 그립다
또 한 사내가 말을 받았다
한 잔의 술과 한 그릇의 밥이 생각난다
마지막 사내가 조그만 목소리로 중얼거렸다
나는 지금 누군가 한 사람의 다정한
위로의 말이 필요하다.

가족

한 사람이 앉아 있는 방 안으로
한 사람이 들어와 앉는다
먼저 앉아 있던 사람이 자리를 고쳐 앉는다
그래도 방 안은 하나도 좁아지지 않는다

또 한 사람이 들어와 앉는다
먼저 앉아 있던 두 사람이 다시
자리를 고쳐 앉는다
여전히 방 안은 하나도 좁아지지 않는다

아무도 말이 없다
서로는 말 없는 서로의 말을 알아듣는다
누구도 답답하다고 느끼지 않는다
한 사람이 힘이 부치는지 기우뚱 몸을 숙이자
옆에 있던 사람이 말없이 기울어지는
몸을 받아 안아주기도 한다

이윽고 날이 저물고 방 안이 어두워졌지만
마음은 여전히 환하고 따스하다
다만 한 지붕 아래 한 솥에서 지은 밥상 위에
때로는 한 이불 속에.

아름다운 짐승

젊었을 때는 몰랐지
어렸을 때는 더욱 몰랐지
아내가 내 아이를 가졌을 때도
그게 얼마나 훌륭한 일인지 아름다운 일인지
모른 채 지났지
사는 일이 그냥 바쁘고 힘겨워서
뒤를 돌아볼 겨를이 없고 옆을 두리번거릴 짬이
없었지
이제 나이 들어 모자 하나 빌려 쓰고 어정어정
길거리 떠돌 때
보처럼 만나는 애기 밴 여자
커다란 항아리 하나 엎어서 안고 있는 젊은 여자
살아 있는 한 사람이 살아 있는 또 한 사람을
그 뱃속에 품고 있다니!
고마운지고 거룩한지고
꽃봉오리 물고 있는 어느 꽃나무가 이보다도 더
눈물겨우랴
캥거루는 다 큰 새끼도 제 몸속의 주머니에 넣어
가지고 다니며
오래도록 젖을 물려 키운다 그랬지
그렇다면 캥거루는 사람보다 더
아름다운 짐승 아니겠나!
캥거루란 호주의 원주민 말로 난 몰라요, 란

뜻이랬지

　캥거루 캥거루, 난 몰라요

　아직도 난 캥거루다.

자연이든 인간이든 봄의 세기는 씨 뿌리고 뿌리내리는 일에 영일寧日이 없다. 여름 또한 그 씨앗을 잘 받들어 이파리와 줄기로 키울 뿐더러 꽃을 피우고 열매를 맺는 일에 바쁘다. 그러나 가을이 되면 일단 일손을 멈추고 자신이 이룩한 업적을 바라보도록 되어 있다. 아, 내 업적이 저토록 왜소하고 초라한 것들이었던가! 이제 나는 가을의 세기를 넘어 겨울의 세기를 사는 사람이다. 바라보는 것마다 듣는 것마다 새롭지 않은 것 없고 아름답지 않은 것이 없다. 나에게 세상은 찬탄의 대상이다. 아, 나는 이제 길거리에서 만나는 애기 밴 여자한테서도 우주의 한 신비와 아름다움을 발견하고 잠시 눈물 글썽이는 노인이 되어 가고 있구나. 나이 들어감의 축복이여! 가득함이여!

날마다 실연

햇빛 고우면 가슴 울렁였고
바람 맑으면 발길 서성였다
누군가 한 사람 먼 곳에서
기다려줄 것만 같아서

그런 날이면 떠나지 못하는 나를 위해
붓꽃은 꽃대를 올려주곤 했다
겁도 없이 하늘에다 주먹질을 하면서
부끄럽지도 않은지 바다물빛 샅을 열고서

나, 날마다 새롭게
실연을 당하고 싶었던 때.

물고기와 만나다

아침 물가에 은빛 물고기들 파닥파닥 뛰어올라
왜 은빛 몸뚱아리 하늘 속살에다
패대기를 쳐대는지 알지 못했는데
한 사람을 사랑하면서부터 아, 저것들도
살아 있음이 좋아서 다만 좋아서 저러는 거구나
알게 되었지

저녁에도 그러하네
날 어두워져 하루의 밝음, 커튼이 닫히듯 사라져 가는데
왜 물고기 새끼들만 삼방잠방 소리히며 놀고 있는 건지
그것이 하루의 목숨 잘 살고 잠을 자러 가면서
안녕 안녕 물고기들의 저녁 인사란 것을
한 사람을 마음 깊이 잊지 못하면서 짐작하게 되었지

물고기들도 나처럼 누군가를 많이 많이 좋아하고
사무치게 사랑해서 다만 그것이 기쁘고 좋아서 또 고마워서
그렇다는 걸 조금씩 알게 되었지.

고백

외로운 사람은 외로움의 냄새
잘 맡는다지요?
힘겨운 날들
당신 한 사람 마음속에
반딧불로 고마웠습니다.

한 사람 2

많은 사람 아니지요
한 사람, 오직 한 사람입니다
그 한 사람의 눈길이면 족한 일입니다
그 한 사람의 마음이면 끝이고 남는 일입니다
어찌 많은 사람이기를 바라겠는지요?
어찌 더 많은 사람이기를 꿈꾸겠는지요?
한 사람의 염려와 기도 속에
세상은 꽃이 되어 피어납니다
한 사람의 맑은 눈물 속에
세상은 아기처럼 곱게 숨을 쉽니다
편안히 잠이 듭니다.

잡은 손

손을 잡는다 한 사람이
또 한 사람의 손을 잡는다

나이 들어 쭈글쭈글해진 손
핏기 없는 손

그동안 애 많이 쓰시었소
조금만 더 우리 손을 놓지 맙시다

유리창 밖 산들도 눈을 맞고 있다
나무들도 옷을 벗은 지 오래다.

당신

이 세상 무엇 하러 살았나?

최후의 친구 한 사람
만나기 위해서 살았지

바로 당신.

시간

누군가 한 사람 창가에 앉아
울먹이고 있다
햇빛이 스러지기 전에 떠나야 한다고
한 번 가선 돌아올 수 없는 길을
가야만 한다고
그곳은 아주 먼 곳이라고
조그만 소리로 속삭이고 있다
잠시만 더 나와 함께 여기
머물다 갈 수는 없나요?
손이라도 잡아주고 싶어 손을 내밀었을 때
이미 그의 손은 보이지 않았다.

친구

해 저문 날에
급하고 힘들겠다는 소식 듣고
급하게 찾아온 한 사람
오직 이 한 사람으로
나의 마지막 하늘이 밝겠습니다
따뜻하겠습니다

오직 우정이란 이름으로.

멀리서 빈다

어딘가 내가 모르는 곳에
보이지 않는 꽃처럼 웃고 있는
너 한 사람으로 하여 세상은
다시 한 번 눈부신 아침이 되고

어딘가 네가 모르는 곳에
보이지 않는 풀잎처럼 숨 쉬고 있는
나 한 사람으로 하여 세상은
다시 한 번 고요한 저녁이 온다

가을이다, 부디 아프지 마라.

한 사람 건너

한 사람 건너 한 사람
다시 한 사람 건너 또 한 사람

애기 보듯 너를 본다

찡그린 이마
앙다문 입술
무슨 마음 불편한 일이라도
있는 것이냐?

꽃을 보듯 너를 본다.

하나님께

또다시 한 사람
남몰래 숨겨놓고 생각함을
용서해주십시오

여러 번 되풀이 드리는 말씀이지만
그는 제 마음의 등불입니다
그는 제 마음의 꽃입니다
그가 없으면 하루 한 시간도
견디기 어렵습니다
숨 쉬는 것조차 힘듭니다
그러니 어쩝니까?

그 같은 한 사람
저에게 허락하심을
감사합니다.

사랑은 비밀

그것은 언제나 비밀

한 사람과 또 한 사람의
중간 어디쯤 허공에
매달려 있는 조그만 화분
거기 자라는 이름 모를 화초

사람들에게 알려졌을 때
그것은 죽어버리고 만다

새봄도 어느까지나 비밀

겨울과 여름 사이 어디쯤
이상한 어지럼증이거나 소용돌이
알지 못할 꽃빛깔이거나
맴돌고 있는 새소리

사람들이 눈치챘을 때
새봄은 이미 사라져버리고 만다.

붉은 꽃 한 송이

나 외롭게 살다가 떠날 지구에
너라도 있어서 얼마나 좋은지 몰라

나 쓸쓸히 지구를 떠나는 날
손 흔들어줄 너 한 사람이라도 있어서
얼마나 감사한지 몰라

나 지구를 떠나더라도 너 오래
푸르게 예쁘게 살다가 오너라

네가 살고 있는 한 지구는
따뜻하고 푸르고 꽃이 피어나는
생명의 별

바람 부는 지구 위에 흔들리는
너는 붉은 꽃 한 송이.

한 사람 3

너는 내가 보고 싶지 않았니?

너 없는 이틀 동안
너 보고 싶어 한 사람 여럿

그 가운데 나도
한 사람이었단다.

차가운 손

번번이 손이 차가워 미안합니다

그렇다고 마음까지
차가운 건 아니랍니다
오히려 마음은 뜨겁고 수줍고
자주 설레기까지 한 사람입니다

당신도 손이 차가운 사람이라고요?

그렇다면 당신도
마음이 뜨겁고 수줍고
자주 가슴이 설레는 사람이라
믿어도 되겠군요

당신의 차가운 손이 오히려 내게는
따뜻한 손입니다.

마당

오늘도 밥 한 그릇의 일보다는
사람의 일로 마음이 아팠다
한 사람을 사랑하여 슬프다 하고
가슴이 먹먹하다 그랬다

어찌하면 좋을까요?

고개를 숙일 때
나뭇잎 두엇 가볍게 떨어졌다
눈물 한 방울 뚝,
또 떨어졌다.

부부

한 사람은 죽고 한 사람은 별이 되고
한 사람은 죽고 한 사람은 꽃이 되고
한 사람은 죽고 한 사람은 돌이 되지만
두 사람 모두 살아 돌이 되기도 한다.

지구와 더불어

누군가 한 사람을 사랑하여 밤을 새워 생각하고
있었다
그 밤에 지구는 바알간 등불을 켜고 있었다
지구의 가슴이 더욱 정다워진 것이다

누군가 한 사람을 사랑하여 한낮에 기도를 드리고
있었다
그 낮에 지구는 초록빛으로 빛나고 있었다
지구의 마음이 더욱 싱싱해진 것이다

누군가 마음이 변해버린 애인을 생각하며 흐느껴
울고 있었다
그 날에 지구도 따라서 훌쩍이고 있었다
지구도 그 사람이 불쌍한 생각이 들었던 것이다

버림받은 사람도 이런 때는 지구와 더불어
마음이 따뜻해서 좋았다.

선량해진 저녁

멀리까지 다녀온 하루가
문밖에서 서성이고 있다
안으로 들어오라 들어오라 그러지만
끝내 발을 들이지 않는다

몰라보게 산그늘이 많이 짙어졌다
사납던 물소리도 잠잠해지고
바람도 일찍 숲속으로 들어가
잠이 들었다

골목길의 가로등은 스스로 불을 밝혀
제 발등을 비추고
어둠은 또 미처 거두지 못한 빨랫줄의
여름옷감들 곁에 와 칭얼댄다

이런 저녁에 더욱 순해진 아낙들은
봉숭아 꽃물 들인 손가락으로
새하얀 쌀을 씻어
수고하고 돌아오는 가족들을 위해
밥을 지을 것이다

모처럼 모든 것들이 가지런해지고
선량해진 가을 저녁

나는 이런 저녁에 오래 잊고 살았던
한 사람 생각 때문에 몹시도 피곤하다

나도 오늘 저녁에는 바람처럼
일찍 잠자리에나 들어볼까
지구 반대편에 있는 그 사람도
꿈속에서 나를 생각해줄지 모른다.

감동

진정 한 사람의 마음을 얻고
참된 동의를 얻는다는 것

진정 한 사람의 사랑을 받고
또 그를 사랑한다는 것

그보다 더 귀한 감동이
세상에 또 있을까?

문득 잠에서 깨어 울고 있는 나를
당신은 지금 보지 못할 것이다

지구 건너편에서
또 이편에서.

4월

바람이 내어주는 길로
꽃잎이 놓아주는
징검다리를 건너

끝까지 이 세상
끝까지 가고 싶다

가서는 꽁꽁 숨어
살고 있는 너
한 사람 만나고 싶다

데려오고 싶다.

문득

많은 사람 아니다
더더욱 많은 이름 아니다
오직 한 사람,
한 사람의 이름이
나는 오늘 문득
그리운 것이다.

믿어야 한다

새로, 새로 봄이 오면
들판에 풀들만 새로
새싹 돋는 게 아니고
사람 마음에도 새싹 돋는다

새싹 돋아 푸르고 꽃이 피고
어우러져 녹음되기도 한다
이것이 바로 희망
이것이 바로 사랑
그것을 믿어야 한다

오늘도 나는 먼 하늘
흐린 하늘을 보며
고운 사람 눈썹이 곱고
입술이 붉은 한 사람을
그리워한다.

별

우리는 한 사람씩 우주 공간을 흐르는 별이다. 머언 하늘 길을 떠돌다 길을 잘못 들어 여기 이렇게 와 있는 별들이다. 아니다. 우리는 오래전부터 서로 그리워하고 소망했기에 여기 이렇게 한자리에서 만나게 된 별들이다.

그러니 너와 나는 기적의 별들이 아닐 수 없다. 하늘길 가는 별들은 다만 반짝일 뿐 서러운 마음 외로운 마음을 가지지 않는 별들이다. 그러나 우리는 순간순간 외로워하고 서러워할 줄 아는 별들이다. 안타까워할 줄도 이는 별들이다. 그러니 우리가 얼마나 사랑스런 별들이겠는가!

부디 편안한 마음으로 따뜻한 마음으로 잠시 그렇게 머물다 가기 바란다. 오직 사랑스런 마음으로 기쁜 마음으로 내 앞에 잠시 그렇게 있다가 가기 바란다. 굳이 재촉하지 않아도 이별의 시간은 빠르게 오고 우리는 그 명령을 따라야만 한다. 그리하여 너는 너의 하늘 길을 가야 하고 나는 또 나의 하늘 길을 열어야 한다.

우리가 앞으로 다시 만난다는 기약은 바랄 수도 없는 일이다. 어쩌면 이것이 처음이자 마지막 만남일 수도 있겠다. 그리하여 우리는 앞으로도 오래 외롭고 서럽고 안타깝기까지 할 것이다. 부디 너 오늘 우리가 이 자리 이렇게 지극히 정답게 아름답게 만났던 일들을 잊지 말기 바란다. 오늘 우리의 만남을 기억한다면 앞으로도 많은 날 외롭고 서럽고 안타까운 순간에도 그 외로움과 서러움과 안타까움이 조금은 줄어들 것이다.

나도 하늘 길 흐르다가 멀리 아주 멀리 반짝이는 별 하나 찾아낸다면 그것이 진정 너의 별인 줄 알겠다. 나의 생각과 그리움이 머물러 그 별이 더욱 밝은 빛으로 반짝일 때 너도 나를 알아보고 나를 향해 웃음 짓는 것이라 여기겠다. 앞으로도 우리 오래도록 반짝이면서 외로워하기도 하고 서러워하기도 하자.

오늘 우리가 여기서 이렇게 헤어지고 난다면 어디서 또다시 만난다 하겠는가? 잡았던 손 뿌리치고 나면 언제 또 그 손을 잡을 날 있다 하겠는가? 너무도 사랑스럽고 어여쁜 너. 오직 기적의 별인 너. 많이 반짝이는 너의 별을 데리고 이제는 너의 길을 가라. 나도 나의 길을 가련다. 아이야, 오늘은 여기서 안녕히! 나에게도 안녕히!

잠시

바닷물 밖으로 던져진 한 마리 새우처럼
팔다리 오그려 영어 글자의 C자로
잠들어 있을 때 나도 모르게 다가와
이불을 가져다 덮어주는 한 사람 있다면
인생은 잠시 덜 억울해도 좋으리

번번이 젊은 날 책을 읽다 잠이 들면
고달픈 이마를 짚어 맑고 따스한 손으로
어루만져주는 램프의 불빛인 양
보이지 않는 마음의 불빛으로
생각해주는 한 사람 있다면
인생은 잠시 행복한 것이라고
오해하거나 착각해도 좋으리.

축혼시

하늘의 별 바닷가 모래
그같이 많은 사람 가운데
오직 한 사람의 남자와 여자이니
이것은 기적입니다

험한 세상 부질없는 인생
오롯이 등불 밝혀
이마 마주 댈 둥지가 생겼으니
더없는 축복입니다

부디 잊지 마시구려
오늘의 설레는 마음
오늘 다짐했던 빛나는 말씀들
이날로서 그대들 부부입니다

남자가 지아비 되고
여자가 지어미 된다는 것
그리 쉽지 않은 일이지요
서로가 서로의 어버이 된다는 말이랍니다

무엇보다도 깊이 사랑하십시오
뜨겁게 말고 은근하게 오래오래
살다 보면 사랑보다 믿음과 열정이

더욱 소중하다는 걸 알게 될 것입니다

그리하여 이 모습 이대로
중년에 이르고 노년에도 이르러
스스로 보기에 그럴 듯하고
신에게 더욱 보기 좋은 모습 이루십시오.

울면서 쓰고 싶다

맨 처음 나에게
한 사람의 독자가 있었다
어머니였다
어머니를 위해서 시를 썼다

그 다음엔 좋아하는
여자를 위해서 시를 썼다
한 번도 아니고 여러 차례
그렇게 했다
나중에는 아내를 위해서
쓰기도 했다

지금도 나는
한 사람의 독자를 그리워하며
시를 쓰고 싶다
어디에 있을지도 모르는
당신을 위해서 시를 쓰고 싶다

울면서 쓰고 싶다.

의자

결코 아름답지 않은 세상
너 한 사람으로 하여
아름다웠다

저만큼 나 다녀오는 동안 너
그 자리 지켜서 좀
기다려줄 수 있겠니?

좋은 아침

내가 세상한테 필요한
사람이라고 생각해보자
눈물이 날 것이다

내가 세상한테 사랑받는
사람이라고 생각해보자
더욱 눈물이 날 것이다

아침에 문득 받은 전화 한 통
핸드폰 문자메시지 한 구절이
우리에게 좋은 세상을 약속한다

나는 당신에게 필요한 사람!
당신은 내가 사랑하는 사람!
그렇게 말해보자.

시집에 사인

하늘 아래
첫 사람을 위하여

세상 끝 날까지
변함없을 사람을 위하여

땅 위에서 오직
한 사람만을 위하여.

시로 쓸 때마다

지구는 우주 속에서
하나밖에 없는
푸른 생명의 별

나는 또 지구 가운데서도
한국이라는 나라에 사는
시 쓰는 한 사람

너는 또 내가 사랑하여
시로 쓰기도 하는 오직
한 사람 여자

내가 시로 쓸 때마다 너는
나의 푸른 중심이 되고 끝내
우주의 중심이 되기도 한다.

기도의 자리

눈물 나리
하늘의 별 하나 밤을 새워
나를 보고 반짝인다
생각해봐

눈물 나리
어딘가 나 한 사람 위해
누군가 울고 있다
생각해봐

처음부터 기도는
거기에 있었다.

혼자서 중얼거리네

햇빛이 너무 밝아
얘기해주고 싶은데
아무도 없네

전화 걸 만한 사람
생각해봐도 잘
떠오르지 않네

겨우 한 사람 이름 찾아내
전화를 걸었지만
그 말은 하지 못했네

햇빛이 너무 밝아
딴 나라에 온 것 같구나
혼자서 중얼거리네.

아침 식탁

밤이 가고 아침이 오는 것
그보다 더 좋은 일은 없다

하루가 잘 저물고 저녁이 오는 것
그보다 더 다행스런 일은 없다

앞에 앉아 웃으며 밥을 먹어주는 한 사람
이보다 더 소중한 사람은 없다.

행운

혼자 있을 때
생각나는 이름 하나
있다는 건 기쁜 일이다

이름이 생각날 때
전화 걸 수 있다는 건
다행스런 일이다

전화 걸었을 때
반갑게 전화 받아주는
바로 그 한 사람

그 한 사람이
살면서 날마다 나의 행운
기쁨의 원천이다.

한 사람 4

좋은 사람과라면
흐린 날은 흐려서 좋고
맑은 날은 맑아서 좋다고 한다

비뚤어진 장독대
장항아리들도 예뻐 보이고
깨어진 기왓장 조각까지
소중해 보인다

아, 그것이 그렇다면
오늘 나의 소망은
너에게 오직 그런
한 사람이 되고 싶은 것이다.

버림받음으로

세상 모든 사람 나를 버려도
너만은 나를 놓지 않았다
끝까지 나를 버리지 않았다

결코 여러 사람 아니다
오직 한 사람
세상 천지에 오직 한 사람
너의 응원과 너의 믿음이 나를 살린다
나를 지킨다

많은 사람으로부터
버림받음으로 오늘
오직 소중한 사람인 너를
나는 다시 만나고 다시 얻는다.

4월 상순

1

꽃 지고 새로 솟는
여리디여린 굴참나무
단풍나무 새잎 속에는
쓸쓸히 아주 쓸쓸히
멀어지는 한 사람이 보인다

차마 잡아볼 요량도 없이
매몰차게 뿌리치고 돌아서는
발 뿌리가 보인다

우북하게 자라난 보리밭 고랑을 지나
주춧돌만 남아 있는 절터를 돌아
희뿌연한 조이창 창문에
울먹이는 어스름 울먹이는 어스름……

얇은 옷자락 바람에 나부끼는
사시나무 아그배나무 새잎 속에는
물소리 데리고 새소리 데리고
절벽 속으로 들어가 자물쇠를 채우는
빛나는 어둠의 튼튼한 두 어깨도 보인다.

2

너무 깨끗한
하늘

미칠 듯
미칠 듯

너무 밝고 환하게 흐르는
햇빛
죄짓지 않고서는
부끄러울 듯 부끄러울 듯

누군가 한숨소리 대신
휘파람소리를 보내고 있나

누군가 울음소리 대신
콧노래소리를 보내고 있다.

감알 하나

한 사람만을 위하여
오직 허락받은 날들을
써먹고 싶다

한 사람만을 생각하며
오직 한 사람만을 생각하며
맑은 하늘 흰 구름을
우럴고 싶다

보아라 우리들
그동안 그리움과 목마름과
기다림이 익후어놓은
감알 하나

푸른 하늘 복판에
보석으로 박혀 있는 호박 빛
하늘 보석 하나.

시

세상에 보내는
러브레터

처음엔
한 사람을 위해 썼지만

이제는
많은 사람을 위해서 쓰는.

가을날

하늘 강물을 건너가는
흰 구름이 발길 멈춰 서서
내게 조용히 물었다

아직도 한 사람이 그렇게도 좋아
연애편지 쓰는 마음으로
시를 쓰면서 견디고 있느냐고

그런 것 같다고 대답해줬더니
사실은 자기도 그런 형편이라고
고개를 끄덕여주었다.

또 11월

돌아앉아 혼자
소리 없이 고즈넉이
어깨 들썩이지 않고
흐느껴 울고 싶은 나날

아무한테도 들키지 않고
하나님한테까지
들키지 않고 그냥
흐느껴 울고만 싶은 나날

다만 세상 한 귀퉁이
내가 좋아하는 한 사람
아직도 숨을 쉬며 살아 있음만
고맙게 여기며
아침과 저녁을 맞이하고 싶다.

오직 사무치는 마음 하나로

당신은 기억하고 있는지요?
당신에게도 누군가 한 사람
가슴속 깊이 숨겨두고
생각하고 또 생각했던 시절이
분명히 있었음을

비록 그 일이 부질없는 일이고
허망한 일일지라도
우리가 기꺼이 그 일에
몸을 바쳐 한세월을 살고
마음 아파하기노 했나는 섯을

그 시절 우리는 누구나
한 사람씩 푸른 가슴의 시인이었고
소년이었으며 소녀였지요
오직 사무치는 마음 하나로
스스로 바람이고 꽃이었거든요

부디 잊지 마시기 바래요
우리가 시인이고 사랑일 때
세상은 오직 우리 것이었고
우리 또한 세상 그것이었다는 것을
오늘따라 당신이 많이 보고 싶어요.

하필이면

산 굽이굽이 돌고 돌아
산벚꽃 복사꽃
얼굴 삐끔히 내밀고
알은체하는 산모롱이
다시금 산모롱이

돌고 돌아 하필이면
거기
풍경이 너무 아름답고
꽃과 나무들 너무 예뻐서
슬픈 곳 거기

있어야 할 사람 오직 한 사람
거기 없어서 더욱 슬픈 곳
누군가 한 사람은
땅거미 지는 시각
저무는 강물 보며
강물 되어 울고 있겠지.

하늘이 맑아

멀리 아주 멀리
나를 알아주는 한 사람
더구나 더 멀리 낯선 나라
말까지 다른 나라 사람들
나를 알아주고
나를 느껴주고
나를 숨 쉬어주니
이 얼마나 감사 감격
좋은 일인가
그 기쁨 그 힘으로
세상 속으로 들어산나
하늘 바다에 그넷줄
내어밀듯이 나를 멀리
띄워 보낸다
구름아 나를 보아라
새들아 니들도
나를 좀 보아라.

소망

한 사람이 없다
아무리 둘러봐도
그 한 사람이 내게 없다

아니다, 있다
내게는 네가 그 한 사람
제발 그랬으면 좋겠다.

서귀포

하루해도 저물어
새들도 둥지로 돌아가고
바람도 돌아간 바닷가

끝내 돌아가지 못하는
한 사람을 위하여 하늘은
제 가슴을 열어 따스한
등불을 보여주고 있었다

거기서 너도 편안해라
혼곤한 수평선 멀리
기도로 답한다.

한 사람 5

아무리 눈을 감고 생각해봐도
한 사람의 이름이 떠오르지 않는다

정말로 내가 힘들고 괴로울 때
문득 찾아가 이야기할
바로 그 한 사람

마음에 가득한 짐짝들
내려놓기도 하고 그것들
잠시라도 맡아줄 한 사람

네가 그 사람이
되어 준다면 얼마나 좋을까
내가 너에게 그 한 사람이
된다면 얼마나 좋을까.

청춘 앞에

너는 나의 입술
내가 말하지 않는 것까지 말하고

너는 나의 귀
내가 말하고 싶은 것까지 미리 듣는다

내일 날 나의 가슴이 되어 느끼고
나의 발이 되어 낯선 곳을 찾아라

이런 너 한 사람 지구에 살아
숨 가쁜 지구도 여전히 선뜻 반하고

나 또한 너를 따라 지구를 따라
아직은 내일의 소망 끈 놓지 못한다.

지금이라도 알았으니

이 세상은 오직 나 한 사람과
내가 아닌 수많은 너로 되어 있다
왜 그걸 일찍 알지 못했을까?

가장 좋은 인생은
나한테보다는 너에게 잘하며 사는 인생이다
왜 또 그걸 진즉 알지 못했을까?

그래
지금이라도 알았으니
다행이라고 생각하며 살자.

에움길

굽힐 수 없는 일을
굽히게 해주시니 감사합니다

기다릴 수 없는 일을
기다리게 해주시니 감사합니다

그나마 비굴하지 않게 하시니
더더욱 감사합니다

아, 저만큼 뚜벅뚜벅 앞서가는
한 사람 낭신이 이비 있있군요!

능금나무 아래

한 남자가 한 여자의 손을 잡았다
한 젊은 우주가 또 한 젊은
우주의 손을 잡은 것이다

한 여자가 한 남자의 어깨에 몸을 기댔다
한 젊은 우주가 또 한 젊은
우주의 어깨에 몸을 기댄 것이다

그것은 푸르른 5월 한낮
능금꽃 꽃등을 밝힌
능금나무 아래서였다.

2부

당신이 바로 그 한 사람

바람 부는 날

두 나무가 서로 떨어져 있다 해서
사랑하지 않는 건 아니다
두 나무가 마주 보고 있지 않다고 해서
서로 생각하지 않는 건 아니다

바람 부는 날 홀로
숲속에 가서 보아라
이 나무가 흔들릴 때
저 나무도 마주 흔들린다

그것은 이 나무가 저 나무를
끊임없이 사랑한다는 표시이고
저 나무 또한 이 나무를
쉬지 않고 생각한다는 증거

오늘 너 비록 멀리 있고
나도 멀리 말이 없지만
우리가 서로 사랑하지 않는 건 아니고
서로 생각하지 않는 건 아니다.

다시 산에 와서

세상에 그 흔한 눈물
세상에 그 많은 이별들을
내 모두 졸업하게 되는 날
산으로 다시 와
정정한 소나무 아래 터를 잡고
둥그런 무덤으로 누워
억새풀이나 기르며
솔바람 소리나 들으며 앉아 있으리

멧새며 소쩍새 같은 것들이 와서 울어주는 곳,
그들의 애인들꺼정 데불고 와서 지저귀는
햇볕이 천년을 느을 고르게 비추는 곳쯤에 와서
밤마다 내리는 이슬과 서리를 마다하지 않으리
길길이 쌓이는 장설壯雪을 또한 탓하지 않으리

내 이승에서 빚진 마음들을 모두 갚게 되는 날,
너를 사랑하는 마음까지
백발로 졸업하게 되는 날
갈꽃 핀 등성이 너머
네가 웃으며 내게 온다 해도
하낫도 마음 설레일 것 없고
하낫도 네게 들려줄 얘기 이제 내게 없으니
너를 안다고도

또 모른다고도
숫제 말하지 않으리

그 세상에 흔한 이별이며 눈물,
그리고 밤마다 오는 불면들을
내 모두 졸업하게 되는 날,
산에 다시 와서
싱그런 나무들 옆에
또 한 그루 나무로 서서
하늘의 천둥이며 번개들을 이웃하여
떼강물로 울음 우는 벌레들의 밤을 싫다 하지 않으리
푸르디푸른 솔바람 소리나 외우고 있으리.

대숲 아래서

1
바람은 구름을 몰고
구름은 생각을 몰고
다시 생각은 대숲을 몰고
대숲 아래 내 마음은 낙엽을 몬다.

2
밤새도록 댓잎에 별빛 어리듯
그슬린 등피에는 네 얼굴이 어리고
밤 깊어 대숲에는 후누이다 가는 밤 소나기 소리
그리고도 간간이 사운대다 가는 밤바람 소리.

3
어제는 보고 싶다 편지 쓰고
어젯밤 꿈엔 너를 만나 쓰러져 울었다
자고 나니 눈두덩엔 메마른 눈물자죽,
문을 여니 산골엔 실비단 안개.

4
모두가 내 것만은 아닌 가을,

해지는 서녘구름만이 내 차지다
동구 밖에 떠드는 애들의
소리만이 내 차지다
또한 동구 밖에서부터 피어오르는
밤안개만이 내 차지다

하기는 모두가 내 것만은 아닌 것도 아닌
이 가을,
저녁밥 일찍이 먹고
우물가에 산보 나온
달님만이 내 차지다
물에 빠져 머리칼 헹구는
달님만이 내 차지다.

겨울 달무리

웃으면 가지런한 옥니가 이쁘던 그대,
웃으면 볼 위에 새암도 생기던 그대,
그대의 손가락에 끼웠던
금가락지 같은 달무리가
오늘은 우리의 이별의 하늘에 솟았다

그대의 마을에서부터 오는
기러기 발가락들이 찍어놓은
발가락 도장들이 어지러운 하늘가
오늘은 눈이라도 오시려나
천둥호령이라도 나시려나

울멍울멍 울음을 참던
나의 하늘에
그때 그대를 시집보내던 나의 마음이
오늘은 잊혀진 겨울 하늘에
흐릿한 달무리로만 어렸다
달무리 하나로만 남았다.

초승달

아무리 생각해도
다시는 더 만날 수 없는 너
빗속에 마주 보며 울 수도 없는 너

어디 갔다 이제야
너무 늦게 왔니?

흰 구름도 사위어지고
나뭇잎도 갈리고
그 신명나던 왕머구리 풍각쟁이들도
다 사라져 가고
마지막으로 눈이 내린 지금,

서슬 푸른 그대의
동저고릿바람
옷고름 그 아래
사향 냄새까지 묻혀 가지고
이쁜 은장돗날만
퍼렇게 베려 가지고

입도 코도 망가진 가시내야
눈썹만 시퍼렇게 길러 가진 가시내야.

봄바다

모락모락 입덧이 났나베
별로 이쁘진 않았어도
내게는 참 이쁘기만 했던 그녀가
감쪽같이 딴 사내에게 시집가
기맥힌 솜씨로 첫애기를 배어,
보름달만 한 배를 쓸어안고
입덧이 났나베
잡초 같은 식욕에 군침이 돌아
돌아앉아 자꾸만 신 것이 먹고 싶나베

깊이 모를 어둠에서 등 돌려 돌이오는
빛살을 바라보다가
희디흰 바다의 속살에 눈이 멀어서
그만 눈이 멀어서
자꾸만 헛던지는 헛낚시에
헛걸려 나오는 헛구역질, 헛구역질아

첫애기를 밴 내 그녀가
항缸만 해진 아랫배를 쓸어안고
맨살이 드러난 부끄럼도 잊은 채
어지럼병이 났나베
착하디착한 황소눈에
번지르르 눈물만 갓돌아서

울컥울컥 드디어 신 것이 먹고 싶나베,
훕살이• 간 내 그녀가.

•훕살이: 〈후살이〉의 방언.

가을 서한 1

1

끝내 빈 손 들고 돌아온 가을아,
종이 기러기 한 마리 안 날아오는 비인 가을아,
내 마음까지 모두 주어버리고 난 지금
나는 또 그대에게 무엇을 주어야 할까 몰라.

2

새로 국화잎새 따다 수놓아
새로 창호지문 바르고 나면
방 안 구석구석까시 빌려들어오는 서승의 햇살
그것은 가난한 사람들만의 겨울 양식.

3

다시는 더 생각하지 않겠다,
다짐하고 내려오는 등성이에서
돌아보니 타닥타닥 영그는 가을 꽃씨 몇 옴큼
바람 속에 흩어지는 산 너머 기적 소리.

4

가을은 가고

남은 건
바바리코트 자락에 날리는 바람
때 묻은 와이셔츠 깃

가을은 가고
남은 건
그대 만나러 가는 골목길에서의
내 휘파람 소리

첫눈 내리는 날에
켜질
그대 창문의 등불빛
한 초롱.

가을 서한 2

1

당신도 쉽사리 건져주지 못할 슬픔이라면
해질녘 바닷가에 나와 서 있겠습니다
금방 등 돌리며 이별하는 햇볕들을 만나기
위하여
그 햇볕들과 두 번째의 이별을 갖기 위하여.

2

눈 한 번 감았다 뜰 때마다
한 겹씩 옷을 벗고 나서는 구름,
멀리 웃고만 계신 당신 옆모습이랄까?
손 안 닿을 만큼 멀리 빛나는 슬픔의 높이.

3

아무의 뜨락에도 들어서 보지 못하고
아무의 들판에서 쉬지도 못하고
기웃기웃 여기 다다랐습니다
고개 들어 우러르면 하늘, 당신의 이마.

4

호오, 유리창 위에 입김 모으고
그 사람 이름 썼다 이내 지우는
황홀하고도 슬픈 어리석음이여,
혹시 누구 알 이 있을까 몰라…….

빈손의 노래

1
가을에는 빈 뜨락을
거닐게 하소서

맨발 벗은 구름 아래
괴벗은• 마음으로
주머니에 손을 찌르고 들길을 돌아와
끝내 빈손이게 하소서

가을에는 혼자 몸져 앓아누워
담장 너머 성한 사람들 떠드는 소리
귀동냥해 듣게 하소서

무너져 내린 꽃밭 귀퉁이
아직도 분명 불타고 있을 사르비아꽃 대궁이에
황량히 쌓이고 있을
이국의 햇볕이나
속맘으로 요량해보게 하소서.

2
들판이 자꾸 남루를
벗기 시작하는데,

나무들이 자꾸 그 부끄러운 곳을
드러내 보이기 시작하는데,

내 그대 위해 예비한 건
동산 위에 밤마다 솟는
저 임자 없는 달님뿐이다
새로 바른 문풍지에 새어나오는
저 아슴한 불빛 한 초롱뿐이다

누군가의 어깨가 어둠 속으로 사라져가는데,
누군가의 발자국이 어둠 속에서 돌아오는데,

이 가을 다 가도록
그대 위해 예비한 건
가늘은 바람 하나에도 살아 소근대는
대숲의 저 작은 노래뿐이다

아침마다 산에 올라
혼자 듣다 돌아오는
키 큰 소나무
머리칼 젓은 송뢰뿐이다.

3

애당초 아무것도
바라지 말았어야 했던 걸 모르고
너무 많은 걸 꿈꾸다가

너무 많은 걸 찾아다니다가
아무것도 찾지 못하고 만
이제 또 가을

문지방에 풀벌레 소리
다 미쳐 왔으니
염치없는 손으로
어느 들녘에 가을걷이하러 갈까?

허나, 더 늦기 전에
나도 들로 내려
드디어 낭자히 풀벌레 소리 강물 된 옆에
실개천 물소리 되어 따라 흐르다가
허리 부러진 햇살이나
주머니에 가득 담아가지고
한나절 흥얼흥얼 돌아올거나

오는 길에 그래도
해가 남으면
산에 올라 들국화 몇 송이 꺾어 들고
저승의 바닷비린내 묻어오는
솔바람 소리나 두어 마지기 빌려다가
내 작은 뜨락에
내 작은 노래 시켜볼 거나.

•괴벗은: 〈헐렁한, 풀어진 듯한〉의 뜻.

진눈깨비

식을 대로 식어버린 그대 입술의
마지막 돌아서던 그 키스에
이승에선 다시 안 볼 사람 앞
맵고 짜던 그 눈총 속에
어쩌면 얌전하디얌전하게
잠들어 있었을지도 모르는 그 진눈깨비 한 마장

용케도 안 잊어먹고
하늘의 그 어드메 삼수갑산쯤에서
들키지 않게 숨어 있다가
오늘에사 나를 찾아오시는
이 시늉, 이 매질들인가

누구의 선 귀때기나 울려주려고
누구의 슬픔에 뿌리를 달아주려고
느지막이 이 투정, 이 안달들인가

그러나 이제는
적셔도 젖지 않을 눈물,
울려도 울지 않을 나의 삼경三更

서리무지개 시서
줄기줄기 무리져서

이승에선 다시 안 볼 사람 앞
매질하며 달려오시는 그대
고꾸라지며 맨발 벗고 내게 오시는 그대.

죽림리

하루에도 몇 번씩 찾아가
풀밭에 몸을 눕히곤 하는 날이 많아졌다

지친 것 없이 지친 마음
바닷가에 나가 게를 잡다 돌아온 바람처럼
차악, 풀밭에 몸을 눕히면
한 마리 풀벌레 울음 속에
자취 없는 목숨
차라리 눈물겨워서 좋다

〈내 이제 그대에게
또 무슨 약속을 드리랴!〉
해가 지니 대숲에
새삼스레 바람이 일 뿐.

초저녁의 시

어실어실 어둠에 묻히는 길을 따라
가긴 가야 한다
귀또리 소리 아파 쓰러진 풀밭을 밟고
새록새록 살아나는 초저녁 별을 헤이며

그대 드리운 쌍꺼풀 눈두덩의 그늘 속으로,
아직도 고오운 옷고름의 채색구름 속으로,

어실어실 어둠에 묻혀 쓰러지는
길을 따라
날마다 날마다 가시만
결국은 다 못 가기 마련인 그대에게로
어실어실 어둠에 묻혀 가긴 가야 한다
어실어실 어둠에 스며 끝내 그대에게만
가기는 가야 한다.

언덕에서

1

저녁때 저녁때
저무는 언덕에 혼자 오르면
절간의 뒤란에 켜지는
한 초롱의 조이등불이 온다
돌다리 내려 끼울은 석등石燈에 스미는
귀 떨어진 그 물소리,
내게 스민다
숲의 속살을 탐하다 늦어버린
바람의 늦은 귀가歸家가 온다.

2

아침에 비,
머리칼이 젖고
오후 맑음,
언덕에 올라 앞을 막는 바람 한 줄기
나무숲에서 새소리 난다
새소리 끝에 묻어나는 숲의 살내음
아아, 누구든지 한 사람 만나고 싶다
누구든지 한 사람 만나고 싶다.

3

오늘은 불타는 그대의 눈
그대의 눈썹
엷은 풀냄새 나다,
여린 감꽃냄새 나다,
그대 머리칼

까맣게 잊어먹었던
그대 분홍 손톱에 숨겨진
아직도 하얀 낮달이 한 개

찾아가다 찾아가다
길 잃고 주저앉은 산골 속
햇볕에 불타는 노오란 산수유꽃길
그대의 눈

이제사 잠든
대숲바람 소리
그대의 눈썹.

아침

1

밤마다 너는
별이 되어 하늘 끝까지 올라갔다가
밤마다 너는
구름이 되어 어둠에 막혀 되돌아오고

그러다 그러다
그여히
털끝 하나 움쩍 못할 햇무리 안에
갇혀버린 네 눈물자국만,

보라! 이 아침
땅 위에 꽃밭을 이룬
시퍼런 저승의 입설들.

2

끝없이 찾아 헤매다 지친 자여

그대의 믿음이 끝내 헛되었음을 알았을 때
그대는 비로소 한 때의
그대가 버린 눈물과 만나게 되리라

아직도 귀엽고 사랑스러운
아직은 이루어져야 할
언젠가 버린 그대의 약속들과 만나리라

자칫 잡았다 놓친
그 날의 그 따스한 악수와
다시 오솔길에 서리라.

돌계단

네 손을 잡고 돌계단을 오르고 있었지

돌계단 하나에 석등이 보이고
돌계단 둘에 석탑이 보이고
돌계단 셋에 극락전이 보이고
극락전 뒤에 푸른 산이 다가서고
하늘에는 흰 구름이 돛을 달고 마악
떠나가려 하고 있었지

하늘이 보일 때 이미
돌계단은 끝이 나 있었고
내 손에 이끌려 돌계단을 오르던 너는
이미 내 옆에 없었지

훌쩍 하늘로 날아가 흰 구름이 되어 버린 너!

우리는 모두 흰 구름이에요, 흰 구름
육신을 벗고 나면 이렇게 가볍게 빛나는
당신이나 저나 흰 구름일 뿐이에요
너는 하늘 속에서 나를 보며 어서 오라 손짓하며
웃고
나는 너를 따라갈 수 없어 땅에서 울고 있었지
발을 구르며 땅에 서서 울고만 있었지.

숲속에 그 나무 아래

숲속에 그 나무 아래
우리들의 나뭇잎은 떨어져 있을 것이다
떨어져 썩고 있을 것이다
그날의 그 우리들의 숨소리, 발자국 소리,
익은 알밤이 되어 상수리나무 열매가 되어
썩은 나뭇잎 아래 싹을 틔우고 있을 것이다

어차피 우리는 이승에서 남남인걸요
마음만 마주 뜨는 보름달일 뿐,
손끝 하나 닿을 수 없는
산드랗게 먼 하늘인걸요
안 돼요 안 돼요 안 돼요 안 돼요
한사코 흐르는 물소리 물소리……
덤불 속으로 기어드는 저기 저 까투리 까투리……

숲속에 그 나무 아래
우리들의 나뭇잎은
떨어져 쌓여서 썩고 있을 것이다
새싹을 틔우는 거름이 되고 있을 것이다
아름다운 우리의 또 다른 여름을
아름다운 우리의 또 다른 가을을 꿈꾸며
저 혼자서 꿈꾸며.

하오

나를 바라보는 너의 눈은
흰 구름 빠져 노니는
두 채의 호수

옷 벗은 흰 구름의 알몸
물에 시리워
더욱 파래진 하늘빛
길 잃은 바람

흰 구름도 살아서 숨을 쉰다,
뻐꾸기 울음 한나절 곱게 물매미 돈다,
— 미로迷路

나를 바라보는 너의 눈은
작은 안경알 너머 파닥이는 파닥이는
피래미 피래미 피라미
피래미 떼 잠방대는 호면湖面
보얗게 찡그려 오는 미간眉間

삐뚜러진 입술 [illegible]
동그랗고 쬐끄만 네 손거울

거기,

잠깐잠깐 어리는
구름 그림자.

유월은

유월은
네 눈동자 안에 내리는 빗방울처럼
화사한 네 목소릴 들려주셔요

유월은
장미 가지 사이로 내리는 빗방울처럼
화안한 네 웃음 빛깔을 보여주셔요

하늘 위엔 흰 구름 가슴속엔 무지개
너무 가까이 오지 마셔요
그만큼 서 계셔도 숨소리가 들리는걸요

유월은
네 화려한 레이스 사이로 내다보이는 강변
쓸리는 갈대숲 갈대새 노래 삐릿삐릿……

유월은
네 받쳐든 비닐우산 사이로 빙글빙글 돌아가는
하늘빛
비 개인 하늘빛 속살을 보여주셔요.

겨울 흰 구름

아직은 떠나갈 곳이
쬐끔은 남아 있을 듯싶어,
아직은 떠나온 길목들이
많이는 그립게 생각날 듯싶어,
초겨울 하늘 구름 바라 섰는 마음

단발머리 시절엔
나 이담에 죽으면 꼭 흰 구름이 되어야지,
낱낱이 그늘 없는 흰 구름 되어
어디든 마음껏 떠다녀야지,
그게 더도 말고 난 하나의 꿈이었이요
그렇게 흰 구름이 좋았던 거예요

허나, 이제 남의 아내 되어
무릎도 시리고 어깨도 아프다는 그대여
어찌노?
이렇게 함께 서서 걸어도
그냥 섭섭한 우리는 흰 구름인걸,
그냥 멀기만 한 그대는
안쓰러운 내 처녀, 겨울 흰 구름인걸…….

숲

비 개인 아침 숲에 들면
가슴을 후벼내는
비의 살내음
숲의 살내음

천 갈래 만 갈래 산새들은 비단 색실을 푸오
햇빛보다 더 밝고 정겨운 그늘에
시냇물은 찌글찌글 벌레들인 양 소색이오

비 개인 아침 숲에 들면
아, 눈물 비린내. 눈물 비린내
나를 찾아오다가 어디만큼 너는
다리 아파 주저앉아 울고 있는가.

혼자서

하이얀 티셔츠 차림으로
미루나무 숲길에서 온종일 서성이고 싶은 날은
깊은 산골짜기 새로 돋은 신록 속에 앉아 있어도
안개 자욱 개구리 울음소리 속에 앉아 있어도
귀로는 연신
머언 바다 물결 소리를 듣는답니다

아야, 아야, 아야, 아야,
산 너머 산 너머서
흰 구름 생겨나고 죽어가는 소리를 듣는답니다

바다에는 지금
하얀 돛폭을 세워 떠나가는
돛단배가 한 척.

배회

1

사랑하는 사람아, 너는 모를 것이다
이렇게 멀리 떨어진 변방의 둘레를 돌면서
내가 얼마나 너를 생각하고 있는가를

사랑하는 사람아, 너는 까마득 짐작도 못할
것이다
겨울 저수지의 외곽길을 돌면서
맑은 물낯에 산을 한 채 비쳐보고
겨울 흰 구름 몇 송이 띄워보고
볼우물 곱게 웃음 웃는 너의 얼굴 또한
그 물낯에 비쳐보기도 하다가
이내 싱거워 돌멩이 하나 던져 깨뜨리고 마는
슬픈 나의 장난을.

2

솔바람 소리는 그늘조차 푸른빛이다
솔바람 소리의 그늘에 들면 옷깃에도
푸른 옥빛 물감이 들 것만 같다

사랑하는 사람아,
내가 너를 생각하는 마음조차 그만

포로소름 옥빛 물감이 들고 만다면
어찌겠느냐 어찌겠느냐

솔바람 소리 속에는
자수정 빛 네 눈물 비린내 스며 있다
솔바람 소리 속에는
비릿한 네 속살 내음새 묻어 있다

사랑하는 사람아,
내가 너를 사랑하는 이 마음조차 그만
눈물 비린내에 스미고 만다면
어찌겠느냐 어찌겠느냐.

3

나는 지금도 네게로 가고 있다
마른 갈꽃 내음 한 아름 가슴에 안고
살얼음에 버려진 골목길 저만큼
네모난 창문의 방 안에 숨어서
나를 기다리는
빨강 치마 흰 버선 속의 따스한 너의 맨발을
찾아서
네 열 개 발가락의 잘 다듬어진 발톱들 속으로
지금도 나는 네게로 가고 있다
마른 갈꽃송이 꺾어 한 아름 가슴에 안고
처마 밑에 정갈히 내건 한 초롱
네 처녀의 등불을 찾아서

네 이쁜 배꼽의 한 접시 목마름 속으로

기뻐서 지줄대는 네 실핏줄의 노래들 속으로.

먹물

그대 얼굴 위에
한 조각 흐린 노을빛
미소가 남아 있을 때까지만
여기 앉아 있겠습니다

그대 두 눈 위에 고인
맑은 호숫물
눈물이 마르기 전에
이내 떠나겠습니다

화선지,
번지는
먹물.

램프

밤마다 네 얼굴에 눈을 모으면
출렁이는 바다가 하나

밤마다 네 얼굴에 눈을 모으면
이슬을 뿜고 있는 꽃밭이 한 채

밤마다 네 얼굴에 눈을 모으면
여름날 언덕 위에
사위어지던 구름이 한 송이

아, 밤마다 나는
네 얼굴에서
사랑과 슬픔과 그리움을 배운다.

2월

으스스한 저녁 해가
산을 넘으려 할 즈음
잔설 위에 뿌려진 그의 마지막 슬픔들을 거두려 할 즈음

사람아, 사람아,
너는 대숲에 일기 시작하는 나의 저녁 바람 소리다
재재재재 대숲에 안겨드는 산새 소리다

얼음 밑에 쑥니풀 새파라니
숙지 않고 견뎌온 너와의 겨울
초췌한 니 눈썹 위에 날리는 꽃샘눈 펄펄

움츠려 논둑길 서성이다 돌아오는 저녁
기운 그림자 동무 삼아 오오래 혼자일 저녁

사람아, 나의 사람아,
너는 실로 살로써 흐느끼는 솔바람 소리다
나무 뿌릴 울리는 꽃샘바람 채찍질
이 매운 한철이다.

소녀

니 머리칼에는
잊었던 바다의 숨소리 약간
스며서 있고,

니 눈썹에는
노랗게 불타던 고향의 봄햇살 약간
잠들어 있고,

니 입술에는
잊었던 솔바람 소리의 비린내 약간
스며 있어서,

아, 니 눈 속에는 아직도
삼월의 바다 한 채가 눈물 글썽
허물을 벗고 있습니다, 경.

저녁

돌각담 돌아 돌각담 안
삼간초옥
때 절은 창호지에
스미는 불빛

오동나무 아래 지는
느린 해으름의 꼬리 안에
갇혀버린 매미떼 울음

누이야,
발그레 번지는 네 연지빛
담 밑에 피어나기 시작하는 분꽃 몇 송이를

눈이 퀭한 어둠이 혼자 지나가다
어름어름 쉬고 있는
그 언저리로

누이야,
네가 피운 여름 풀꽃 몇 송이를.

너를 바라보는

너를 바라보는
나의 눈빛에 물이 올라서,

너를 바라보는
나의 입술에 물이 올라서,

네 얼굴에 걸린
서러운 초승달 두 개를

네 얼굴에 솟아난
맑은 새암물 두 채를

아, 나는 초록이 불붙는
나무가 된다.

들꽃

언젯적 잊어먹은
은가락지냐
누가 빠트리고 간
옛 얘기들이냐

물낯인 양 고요 고요론 어둠 속에
까마득히 잠들었거나
어쩌면 보오야니 눈을 터서
내게 오는 너

널 위해서라면
천둥 속같이 찢긴 가슴
다시 한 번 불 붙는 노을이 되마
길 잃고 울음 우는 짐승이 되마

앓니 다 삭아내리도록
알사탕 사 먹던
어린 날의 그 숱한 동전닢들,

함빡 내린 이슬에 모두 살아와
그만 새하얀 꽃이 되어
내 앞에 모였네.

부재

1

풀밭 사이 이 길로 끝없이 가도
나를 기다리고 있는 사람은 없으리라

있었대도 버얼써
울며 떠난 지 오오래

그가 기대어 섰던 나무만이 푸르러 푸르러
그가 듣던 뻐꾸기 울음만 산길을 넘고…….

2

뜰까 말까
구름

불까 말까
바람

눈 먼 마음 들길에 흰옷을 입고
그리움 천 리 아지랑이 만 리.

드라이플라워

음악다방 귀퉁이에
물 없는 항아리에
꽂혀 있는 마른 꽃 한 다발

한때는 그 꽃을 보고서도
아름답다 말한 적이
있었지

한때는 이 거리가
환희의 거리 불빛의 거리일 때도
있었지

그러나 지금 내 마음엔 불이 꺼지고,
네가 앉아 있던 자리엔
모르는 얼굴이 앉고,

음악다방 귀퉁이에
물 없는 항아리에
꽂혀 있는 마른 꽃 한 다발

한때는 이 자리가
기쁨의 자리 만남의 자리일 때도
있었지.

사랑이여 조그만 사랑이여 1

온종일 창가에 서서
네 생각 하나로 날이 저문다

물오르는 나무들
초록불 활활 타오르는
나무들을 바라보며

나 또한
물오른 나무,
초록불 활활
타오르는 나무라 치자

가슴속에 눈빛에
팔과 다리에
푸우런 풀빛 물드는
한 그루 나무라 치자.

사랑이여 조그만 사랑이여 2

보고 싶다,
너를 보고 싶다는 생각이
가슴에 차고 가득 차면 문득
너는 내 앞에 나타나고
어둠 속에 촛불 켜지듯
너는 내 앞에 나와서 웃고

보고 싶었다,
너를 보고 싶었다는 말이
입에 차고 가득 차면 문득
너는 나무 아래서 나를 기다린다
내가 지나는 길목에서
풀잎 되어 햇빛 되어 나를 기다린다.

들국화

바람 부는 등성이에
혼자 올라서
두고 온 옛날은
생각 말자고,
아주아주 생각 말자고

갈꽃 핀 등성이에
혼자 올라서
두고 온 옛날은
잊었노라고,
아주아주 잊었노라고

구름이 헤적이는
하늘을 보며
어느 사이
두 눈에 고이는 눈물
꽃잎에 젖는 이슬.

비단강

비단강이 비단강임은
많은 강을 돌아보고 나서야
비로소 알겠습디다

그대가 내게 소중한 사람임은
더 많은 사람들을 만나고 나서야
비로소 알겠습디다

백 년을 가는
사람 목숨이 어디 있으며
50년을 가는
사람 사랑이 어디 있으랴……

오늘도 나는
강가를 지나며
되뇌어봅니다.

사라져가는 기찻길 위에

사라져가는
기찻길 위에
내가 있습니다

사라져가는
하늘길 위에
그대 있습니다

멀리 있어서
정다운 이여,

사라짐으로 우리는
비로소 아름답고
떠나감으로 우리는
비로소 참답습니다.

사랑하는 마음 내게 있어도

사랑하는 마음
내게 있어도
사랑한다는 말
차마 건네지 못하고 삽니다
사랑한다는 그 말 끝까지
감당할 수 없기 때문

모진 마음
내게 있어도
모진 말
차마 하지 못하고 삽니다
나도 모진 말 남들한테 들으면
오래오래 잊혀지지 않기 때문

외롭고 슬픈 마음
내게 있어도
외롭고 슬프다는 말
차마 하지 못하고 삽니다
외롭고 슬픈 말 남들한테 들으면
나도 덩달아 외롭고 슬퍼지기 때문

사랑하는 마음을 아끼며
삽니다

모진 마음을 달래며
삽니다
될수록 외롭고 슬픈 마음을
숨기며 삽니다.

쓸쓸한 여름

챙이 넓은 여름 모자 하나
사주고 싶었는데
그것도 빛깔이 새하얀 걸로 하나
사주고 싶었는데
올해도 오동꽃은 피었다 지고
개구리 울음소리 땅 속으로 다 자지러들고
그대 만나지도 못한 채
또다시 여름은 와서
나만 혼자서 집을 지키고 있소
집을 지키며 앓고 있소.

제비꽃

그대 떠난 자리에
나 혼자 남아
쓸쓸한 날
제비꽃이 피었습니다
다른 날보다 더 예쁘게
피었습니다.

통화

자면서도 나는
그대에게 전화를
걸고 있습니다

그대 생각만으로 살았다고
내일도 그대 생각 가득할 것이라고

자면서도 나는
그대로부터 전화를
받고 있습니다.

희망

그대 만나러 갈 땐
그대 만날 희망으로
숨 쉬고

그대 만나고 돌아올 땐
그대 다시 만날 날을 기다리는
희망으로 또한 나는
숨 쉽니다.

시

마당을 쓸었습니다
지구 한 모퉁이가 깨끗해졌습니다

꽃 한 송이 피었습니다
지구 한 모퉁이가 아름다워졌습니다

마음속에 시 하나 싹텄습니다
지구 한 모퉁이가 밝아졌습니다

나는 지금 그대를 사랑합니다
지구 한 모퉁이가 더욱 깨끗해지고
아름다워졌습니다.

그대 떠난 자리에

그대 떠난 자리에 혼자 남아
그대를 지킨다
그대의 자취
그대의 숨결
그대의 추억
그대가 남긴 산을 지키고
그대가 없는 들을 지키고
그대가 바라보던 강물에 하늘에
흰 구름을 지킨다
그러면서 혼자서 변해 간다
나도 모르게 조금씩
그대도 모르게 조금씩.

어쩌다 이렇게

있는 듯 없는 듯
있다 가고 싶었는데
아는 듯 모르는 듯
잊혀지고 싶었는데
어쩌다 이렇게 되었을까
그대 가슴에 못을 치고
나의 가슴에 흉터를 남기고
어쩌다 이 지경이 되었을까
나의 고집과 옹졸
나의 고뇌와 슬픔
나의 고독과 독선
그것은 과연 정당한 것이었던가
그것은 과연 좋은 것이었던가
사는 듯 마는 듯 살다 가고 싶었는데
웃는 듯 마는 듯 웃다 가고 싶었는데
그대 가슴에 자국을 남기고
나의 가슴에 후회를 남기고
모난 돌처럼 모난 돌처럼
혼자서 쓸쓸히.

사랑은 혼자서

사랑은 여럿이가 아니라
혼자서 쓸쓸한 생각
저무는 저녁 해
그리고 깜깜한 어둠

사랑은 둘이서가 아니라
혼자서 푸르른 산맥
흐르는 시내
그리고 풀벌레 울음

사랑은 너와 함께가 아니라
혼자서 이루는 약속
머나먼 내일
그리고 이별과 망각.

오늘도 이 자리

오늘도 이 자리
떠나야 할 때가
되었나 보다

그대 자꾸만
좋아지니
잊어야 할 때가
되었나 보다

마음에 남는
그대 목소리
웃는 입 매무새
눈 매무새
아리잠직한
걸음걸이

생각이 머물 때
잊어야 할 사람아
좋아질 때
떠나야 하는 사람아.

하오의 슬픔

세상에 와서 내가
한 일이라곤 고작
글 몇 줄 쓴 일밖에 없는데
공연스레
하얀 종이만 함부로
버려놓고 말았구려

세상에 와서 내가
한 일이라곤 고작
그대 좋아한 일밖에 없는데
공연스레
그대 고운 마음만
아프게 만들고 말았구려

어느 날 찬물에 손을
씻다가 본
손에 묻었던 파아란 잉크빛
그 번져가는 슬픔을 보면서.

별 한 점

밤하늘에
별 한 점

흐린 하늘을 열고
어렵사리 나와
눈 맞추는 별 한 점

어디 사는 누굴까?

나를 생각하는 그의 마음과
그의 기도가 모여
별이 되었다

나의 마음과
나의 기도와 만나 더욱
빛나는 별이 되었다

밤하늘에
눈물 머금은
별 한 점.

태백선

두고 온 것 없지만 무언가
두고 온 느낌
잃은 것 없지만 무언가
잃은 것 같은 느낌

두고 왔다면 마음을
두고 왔겠고
잃었다면 또한
마음을 잃었겠지

푸른 산 돌고 돌아
아스라이 높은 산
조팝나무꽃 이팝나무꽃
소복으로 피어서 흐느끼는
골짜기 골짜기

기다려줄 사람 이미 없으니
이 길도 이제는
다시 올 일 없겠다.

별리

우리 다시는 만나지 못하리

그대 꽃이 되고 풀이 되고
나무가 되어
내 앞에 있는다 해도 차마
그대 눈치채지 못하고

나 또한 구름 되고 바람 되고
천둥이 되어
그대 옆을 흐른다 해도 차마
나 알아보지 못하고

눈물은 번져
조그만 새암을 만든다
지구라는 별에서의
마지막 만남과 헤어짐

우리 다시 사람으로는 만나지 못하리.

꽃 피우는 나무

좋은 경치 보았을 때
저 경치 못 보고 죽었다면
어찌했을까 걱정했고

좋은 음악 들었을 때
저 음악 못 듣고 세상 떴다면
어찌했을까 생각했지요

당신, 내게는 참 좋은 사람
만나지 못하고 이 세상 흘러갔다면
그 안타까움 어찌했을까요……

당신 앞에서는
나도 온몸이 근지러워
꽃 피우는 나무

지금 내 앞에 당신 마주 있고
당신과 나 사이 가득
음악의 강물이 일렁입니다

당신 등 뒤로 썰렁한
잡목 숲도 이런 때는 참
아름다운 그림 나라입니다.

오늘의 약속

덩치 큰 이야기, 무거운 이야기는 하지 않기로
해요
조그만 이야기, 가벼운 이야기만 하기로 해요
아침에 일어나 낯선 새 한 마리가 날아가는 것을
보았다든지
길을 가다 담장 너머 아이들 떠들며 노는 소리가
들려 잠시 발을 멈췄다든지
매미 소리가 하늘 속으로 강물을 만들며 흘러가는
것을 문득 느꼈다든지
그런 이야기들만 하기로 해요

남의 이야기, 세상 이야기는 하지 않기로 해요
우리들의 이야기, 서로의 이야기만 하기로 해요
지나간 밤 쉽게 잠이 오지 않아 애를 먹었다든지
하루 종일 보고픈 마음이 떠나지 않아 가슴이
뻐근했다든지
모처럼 개인 밤하늘 사이로 별 하나 찾아내어
숨겨놓은 소원을 빌었다든지
그런 이야기들만 하기로 해요

실은 우리들 이야기만 하기에도 시간이 많지 않은
걸 우리는 잘 알아요
그래요, 우리 멀리 떨어져 살면서도

오래 헤어져 살면서도 스스로
행복해지기로 해요
그게 오늘의 약속이에요.

가을의 약속

오늘도 흐린 하늘 어두운 구름 아래
가을을 가슴 가득 품어봅니다

가을이면 가을이 오면 다시 오마
그리운 사람 정다운 사람 내게
약속한 일 있었거든요

구절초 새하얀 언덕을 넘어
맑고 푸른 하늘 등에 지고서
치맛자락 날리며 머리카락 날리며
내게 오마 약속한 일 있었거든요

가을이여, 가을이여 어서 오시라
그리운 사람이여 어서 오시라
당신은 이제 나에게 한 송이 새하얀 구절초
우물같이 푸르른 가을의 하늘, 가을의 사람

흐린 하늘 어두운 구름 아래 오늘도 나는
가슴 가득 당신을 품어봅니다.

아내

새각시
새각시 때
당신에게서는
이름 모를
풀꽃 향기가
번지곤 했습니다
그럴 때마다 나는
당신도 모르게
눈을 감곤 했지요

그건 아직도
그렇습니다.

몽당연필

초등학교 선생 할 때
아이들 버린 몽당연필들
주워다 모은 게 한 필통 가득이다

상처 입고 망가지고
닳아질 대로 닳아진 키 작은 녀석들
글을 쓸 때마다 곱게 다듬어
볼펜 깍지에 끼워서 쓰곤 한다

무슨 궁상이냐고
무슨 두시릭이냐고 번번이
핀잔을 해대는 아내

아내도 나에겐 하나의 몽당연필이다
많이 닳아지고 망가졌지만
아직은 쓸모가 남아 있는 몽당연필이다

아내 눈에 나도 하나의
몽당연필쯤으로 보여졌으면
싶은 날이 있다.

공항

하루 한나절 헤어져 살아도
잘 가라고 다시 곧 만나자고
뒤돌아보고 손 흔들고 눈 맞추고 그러기 마련인데
그렇게 매몰차게 잡은 손 놓고 돌아서고 말다니
뒤돌아서 다시는 웃는 얼굴조차 보여주지 않다니,
멀어지다니
끝내는 덜커덕 문까지 닫히고 말아
캄캄해진 눈 팍 꺾인 무릎
둘이 왔던 길 어찌 혼자서 돌아갈 수 있었으랴
하늘까지 어둔 하늘
별조차 사라진 하늘 그 아래

나 못 간다, 못 잊는다.

오늘도 그대는 멀리 있다

전화 걸면 날마다
어디 있냐고 무엇하냐고
누구와 있냐고 또 별일 없냐고
밥은 거르지 않았는지 잠은 설치지 않았는지
묻고 또 묻는다

하기는 아침에 일어나
햇빛이 부신 걸로 보아
밤사이 별일 없긴 없었는가 보다

오늘도 그대는 멀리 있다

이제 지구 전체가 그대 몸이고 맘이다.

11월

돌아가기엔 이미 너무 많이 와버렸고
버리기에는 차마 아까운 시간입니다

어디선가 서리 맞은 어린 장미 한 송이
피를 문 입술로 이쪽을 보고 있을 것만 같습니다

낮이 조금 더 짧아졌습니다
더욱 그대를 사랑해야 하겠습니다.

섬에서

그대, 오늘

볼 때마다 새롭고
만날 때마다 반갑고
생각날 때마다 사랑스런
그런 사람이었으면 좋겠습니다

풍경이 그러하듯이
풀잎이 그렇고
나무가 그러하듯이.

유월 기집애

너는 지금쯤 어느 골목
어느 낯선 지붕 밑에서 울고 있느냐
세상은 또다시 유월이 와서
감꽃이 피고 쥐똥나무 흰 꽃이 일어
벌을 꼬이는데
감나무 새 잎새에 유월 비단햇빛이 흐르고
길섶의 양달개비
파란 혼불꽃은 무더기 무더기로 피어나는데
너는 지금쯤 어느 하늘
어느 강물을 혼자 건너가며 울고 있느냐
내가 조금만 더 잘해주었던들
너는 그리 쉬이 내 곁을 떠나지 않았을 텐데
내가 가진 것을 조금만 더 나누어주었던들
너는 내 곁에서 더 오래 숨 쉬고 있었을 텐데
온다간다 말도 없이 떠나간 아이야
울면서 울면서 쑥굴헝의 고개 고개를
넘어만 가고 있는 쬐끄만 이 유월 기집애야
돌아오려무나 돌아오려무나
감꽃이 다 떨어지기 전에
쥐똥나무 흰 꽃이 다 지기 전에
돌아오려무나
돌아와 양달개비 파란 혼불꽃 옆에서
우리도 양달개비 파란 꽃 되어

두 손을 마주 잡자꾸나
다시는 나뉘어지지 말자꾸나.

울지 마라 아내여

울지 마라 아내여
세상에 나 없다고
울지 말아라
언제까지나 우리가
같은 하늘 같은 세상
살 수는 없지 않느냐

그렇지만 아내여
함께 해온 많은 날들
어찌 우리가 잊을 수 있겠느냐
많은 날들 하나같이 눈물겹고
찬란하여 무지갯빛
고맙고 고마웠구나

서툴게 시작한 우리들
2인 3각 경기
넘어지고 자빠지고
때로는 아웅다웅 다투고
울다가 돌아서서 쑥스럽게
웃기도 했지

어쩌면 인생살이
좋은 일만 바랐으랴

더러는 힘겹기도 하고
소태같이 쓰디쓴 날들
지나고 보면 그 또한 좋았다
좋았다고 말을 하느니

나 없이는 세상 일
그 무엇도 겁을 먹는 아내여
어찌하면 좋으랴
그대 두고 가는 길
그렇지만 너무 많이 힘들어하고
너무 많이 울지는 말아라.

유리창

이제
떠나갈 것은 떠나게 하고
남을 것은 남게 하자

혼자서 맞이하는 저녁과
혼자서 바라보는 들판을
두려워하지 말자

아, 그렇다
할 수만 있다면
나뭇잎 떨어진 빈 나뭇기지에
까마귀 한 마리라도 불러
가슴속에 기르자

이제
지나온 그림자를 지우지 못해 안달하지도 말고
다가올 날의 해짧음을 아쉬워하지도 말자.

다리 위에서

너는 바람 속에 피어
웃고 있는 가을꽃

눈을 감아 본다

흐르는 강물은 보이지 않고
키 큰 가로등도 보이지 않고
너의 맑은 이마도 보이지 않는다

그러나 여전히
강물은 흐르고
가로등 불빛은 밝고
너의 이마 또한 내 앞에 있었으리라

눈을 떠본다

너는 새로 돋아나기 시작하는
초저녁 밤별.

하오의 한 시간

바람을 안고 올랐다가
해를 안고 돌아오는 길

검정염소가
아무 보고나
알은 체 운다

같이 가요
우리 같이 가요

지는 햇빛이
눈에 부시다.

지는 해 좋다

지는 해 좋다
볕바른 창가에 앉은 여자
눈 밑에 가늘은 잔주름을 만들며
웃고 있다

이제 서둘지 않으리라
두 손 맞잡고 밤을 새워
울지도 않으리라

그녀 두 눈 속에 내가 있음을
내가 알고
나의 마음속에 그녀가 살고 있음을
그녀가 안다

지는 해 좋다
산그늘이 또다른 산의 아랫도리를
가린다

그늘에 덮이고 남은
산의 봉우리가
더욱 환하게 빛난다.

3부
한 사람을 사랑하여

부탁

너무 멀리까지는 가지 말아라
사랑아

모습 보이는 곳까지만
목소리 들리는 곳까지만 가거라

돌아오는 길 잊을까 걱정이다
사랑아.

별 1

너무 일찍 왔거나 너무 늦게 왔거나
둘 중에 하나다
너무 빨리 떠났거나 너무 오래 남았거나
또 그 둘 중에 하나다

누군가 서둘러 떠나간 뒤
오래 남아 빛나는 반짝임이다

손이 시려 손조차 맞잡아줄 수가 없는
애달픔
너무 멀다 너무 짧다
아무리 손을 뻗쳐도 잡히지 않는다

오래오래 살면서 부디 나
잊지 말아다오.

별 2

제비꽃같이
꽃다지같이

작고도 못생긴
아이

왜 거기
있는 거냐?

왜 거기 울먹울먹
그리고 있는 거냐?

개양귀비

생각은 언제나 빠르고
각성은 언제나 느려

그렇게 하루나 이틀
가슴에 핏물이 고여

흔들리는 마음 자주
너에게 들키고

너에게로 향하는 눈빛 자주
사람들한테도 들킨다.

꽃그늘

아이한테 물었다

이담에 나 죽으면
찾아와 울어줄 거지?

대답 대신 아이는
눈물 고인 두 눈을 보여주었다.

쾌청

참 맑은 하늘
그리고 파랑

멀리 너의 드높은
까투리 웃음소리라도
들릴 듯…….

꿈

네가 보이지 않아
불안해졌다

엉엉 소리 내어
울었다

눈을 떠보니
볼 위에 눈물이 남아 있었다.

제비꽃

눈이 작은 아이 하나
울고 있네
흐린 하늘 아래

귀가 작은 아이 하나
웃고 있네
해가 떴다고.

핸드폰 시 1

— 일요일

너 어디쯤 갔느냐?

어디만큼 가

바람을 보았느냐?

꽃을 만났느냐?

꽃 속에 바람 속에

웃고 있는 나

보지 못했더냐?

핸드폰 시 2
— 구름

구름 높은 구름
좋다 내 마음도 높이 떴다

구름 하얀 구름
좋다 내 마음도 하얗다

거기 너도 있다
좋다 너도 웃는 얼굴이다.

핸드폰 시 3

— 문자메시지

문자메시지 보내놓고
기다리고 기다리고 또
기다려도 오지 않는
밤……………… 길다.

못난이 인형

못나서 오히려 귀엽구나
작은 눈 찌푸러진 얼굴

애개개 금방이라도 울음보
터뜨릴 것 같네

그래도 사랑한다 얘야
너를 사랑한다.

퐁당

어제는 너를 보고 조약돌이라고 말하고
오늘은 너를 보고 호수라고 말했다
어제 조약돌이라고 말한 너를 집어 들어
오늘 호수라고 말한 너를 향해 던져본다
이래도 말을 하지 않을 테냐, 퐁당!

날마다 기도

간구의 첫 번째 사람은 너이고
참회의 첫 번째 이름 또한 너이다.

가을밤

너 없이 나 어찌 살꼬?

나무에서 나뭇잎
밤을 새워 내려앉는데

나 없이 너 어찌 살꼬?

밤을 새워 별들은
더욱 멀리 빛이 나는데.

섬

너와 나
손잡고 눈 감고 왔던 길

이미 내 옆에 네가 없으니
어찌할까?

돌아가는 길 몰라 여기
나 혼자 울고만 있네.

첫눈

요즘 며칠 너 보지 못해
목이 말랐다

어젯밤에도 깜깜한 밤
보고 싶은 마음에
더욱 깜깜한 마음이었다

몇날 며칠 보고 싶어
목이 말랐던 마음
깜깜한 마음이
눈이 되어 내렸나

네 하얀 마음이 나를
감싸 안았다.

혼자 있는 날

아침에도 너를 생각하고
저녁에도 너를 생각하고
한낮에도 너를 생각한다

보이는 것마다 너의 모습
들리는 것마다 너의 목소리

너, 지금
어디 있느냐?

좋다

좋아요
좋다고 하니까 나도 좋다.

떠난 자리

나 떠난 자리
너 혼자 남아
오래 울고 있을 것만 같아
나 쉽게 떠나지 못한다, 여기

너 떠난 자리
나 혼자 남아
오래 울고 있을 것 생각하여
너도 울먹이고 있는 거냐? 거기.

못나서 사랑했다

잘나지 못해서 사랑했다
사랑하지 않고서는
배길 수 없어서 사랑했다
밥을 먹어도 배가 고프고
물을 마셔도 목이 말라서
사랑했다

사랑은 밥이요
사랑은 물

바람 부는 날 바람 따라 흔들리지
않기 위해서 사랑했다
흐르는 강가에서 물 따라
흘러가지 않기 위해서
사랑했다

사랑은 공기요
사랑은 꿈
너 또한 잘난 사람 아니기에
사랑할 수밖에 없었다
못나서 안쓰럽고
안쓰러워 사랑할 수밖에 없었다
사랑하여 너는 세상에서

가장 예쁜 네가 되었다

사랑은 꽃이요
사랑은 눈물.

눈 위에 쓴다

눈 위에 쓴다
사랑한다 너를
그래서 나 쉽게
지구라는 아름다운 별
떠나지 못한다.

살아갈 이유

너를 생각하면 화들짝
잠에서 깨어난다
힘이 솟는다

너를 생각하면 세상 살
용기가 생기고
하늘이 더욱 파랗게 보인다

너의 얼굴을 떠올리면
나의 가슴은 따뜻해지고
너의 목소리 떠올리면
나의 가슴은 즐거워진다

그래, 눈 한번 질끈 감고
하나님께 죄 한번 짓자!
이것이 이 봄에 또 살아갈 이유다.

너도 그러냐

나는 너 때문에 산다

밥을 먹어도
얼른 밥 먹고 너를 만나러 가야지
그러고
잠을 자도
얼른 날이 새어 너를 만나러 가야지
그런다

네가 곁에 있을 때는 왜
이리 시간이 빨리 가나 안타깝고
네가 없을 때는 왜
이리 시간이 더딘가 다시 안타깝다

멀리 길을 떠나도 너를 생각하며 떠나고
돌아올 때도 너를 생각하며 돌아온다
오늘도 나의 하루해는 너 때문에 떴다가
너 때문에 지는 해이다

너도 나처럼 그러냐?

문자메시지

머나먼 우주 공간을 가면서
외로운 별 하나가 역시
외로운 별 하나에게 소식을 전하듯
오늘도 나는 너에게
문자메시지를 보낸다

너 지금 어디서 무엇을 하고 있니?
누구랑 같이 있는 거니?
여기서 보는 하늘은 맑고
하늘엔 구름이 떴어
거기 하늘은 어때?

만나지 못하고 지내는
토요일이나 일요일 혹은
공휴일 며칠
보고 싶어서 다시는
만나지 못할 것만 같아서.

비밀일기 1

하나님 딱 한 번만 눈감아주십시오

햇빛 밝은 세상에 숨 쉬고 있는 동안
이 조그만 여자 하나
가슴에 품고 살아가는 죄 하나만
용서하십시오

키가 작은 여자
눈이 작은 여자
꿈조차 작은 여자

잠시만 이 여자 사랑하다 감을 용서하소서.

비밀일기 2

나는 흰 구름에 관심이 많은 사람이라고
말을 했다

너는 자동차나 집에 더 관심이 많은 사람이라고
말을 받았다

그러면 사는 일이 고달플 텐데……
그래도 제 분수껏 잘 살아요

활짝 웃으며 대답하는 너의 얼굴이
더욱 예뻐 보였다

나도 모르겠다

네가 웃으면
나도 따라서 웃고
네가 찡그린 얼굴이면
나도 찡그린 얼굴이 된다
네가 어두운 표정을 지으면
더럭 겁이 난다
어디 아픈 것이나 아닐까?
속상한 일이 있는 건 아닐까?

어쩌다 이리 되었는지
나도 모르겠다.

너한테 지고

어제도 너한테 지고
그제도 너한테 졌다
내 마음속엔 네가 많은데
네 마음속엔 내가 없나 봐
어때? 오늘 한번
져줄 수는 없겠니?

다짐 두는 말

언제고 오늘처럼 살 수는 없는 일
언젠가는 헤어질 날도 생각해두어야 할 일
헤어진 뒤 아픔이나 슬픔도
이겨낼 수 있어야만 한다
그날에도 네가 마음의 빛이 되고
길이 된다면 얼마나 좋을까?
스스로에게 물어본다.

한 소망

어디서 많이 들어본 말을 빌려
소망한다
저가 나에게 필요한
사람이기보다는
내가 저에게 필요한
사람이게 하소서
이 세상 끝 날까지
기린과 너구리와 뱁새와
생쥐와 함께.

나무

너의 허락도 없이
너에게 너무 많은 마음을
주어버리고
너에게 너무 많은 마음을
빼겨버리고
그 마음 거두어들이지 못하고
바람 부는 들판 끝에 서서
나는 오늘도 이렇게 슬퍼하고 있다
나무 되어 울고 있다.

네 앞에서 1

이상한 일이다
네 앞에서는 이야기가
엉뚱한 방향으로 나간다
기분 좋은 이야기를 하려고 했는데
기분 나쁜 이야기가 되고
사과하는 이야기를 하고 싶었는데
화를 내는 이야기가 되고 만다
공연히 허둥대고 서둔다
내 마음을 속이고 포장하고
엉뚱한 표정을 짓고 엉뚱한 말을 한다
내가 하려던 말은 무엇이었을까?
정말로 내가 하고 싶었던 이야기를 네가
알아들을 수 있었다면 얼마나 좋을까?
이것은 참 어림도 없는 욕심이고 바램이다.

네 앞에서 2

오늘 나는
네 앞에서 한없이
작아지고 초라해진 그 무엇

네 눈빛 하나에
불행해지기도 하고 또
행복해지기도 하는
가녀린 풀잎

네 목소리 하나에
빛을 잃기도 하고
반짝이기도 하는
가벼운 나뭇잎

도대체 너는 나에게
무엇이고
나는 너에게 무엇이냐?

적어도 오늘 너는
허물 수 없는 견고한 성곽이고
정복되지 않는 하나의
작은 왕국이다.

멀리

내가 한숨 쉬고 있을 때
저도 한숨 쉬고 있으리
꽃을 보며 생각한다

내가 울고 있을 때
저도 울고 있으리
달을 보며 생각한다

내가 그리운 마음일 때
저도 그리운 마음이리
별을 보며 생각한다

너는 지금 거기
나는 지금 여기.

까닭

꽃을 보면 아, 예쁜
꽃도 있구나!
발길 멈추어 바라본다
때로는 넋을 놓기도 한다

고운 새소리 들리면 어, 어디서
나는 소린가?
귀를 세우며 서 있는다
때로는 황홀하기까지 하다

하물며 네가
내 앞에 있음에야!

너는 그 어떤 세상의
꽃보다도 예쁜 꽃이다
너의 음성은 그 어떤 세상의
새소리보다도 고운 음악이다

너를 세상에 있게 한 신에게
감사하는 까닭이며.

약속

달빛이 있는 곳까지만 함께 가자
손가락 걸었다
풀벌레소리 있는 곳까지
개울물소리 나는 곳까지만 함께 가자
손가락 걸었다
끝내 마음이 있는 곳까지만
함께 가자
오늘 바로 그랬다.

대답

많고 많은 대답 가운데
가장 좋은 대답은
네……

그럴 수 없이 순하고
겸손하고 더 이상 낮아질 수 없이
낮아진 대답

오늘 네가 나에게 보내준
네……
바로 그 한 마디

언젠가는 나도 너에게
그 말을 돌려주고 싶다.

부탁이야

오래가 아니야 조금
많이가 아니야 조금
네 앞에서 잠시
앉아 있고 싶어

나는 왜 내가 이렇게 되었는지
나도 잘 모르겠어

금방 보고 헤어졌는데도
보고 싶은 네 얼굴
금방 듣고 돌아섰는데도
듣고 싶은 네 목소리

어둔 하늘 혼자서 반짝이는 나는 별
외론 산길에 혼자서 가는 나는 바람

웃는 네 얼굴 조금만 보고
예쁜 목소리 조금만 듣고
이내 나는 떠나갈 거야
그렇게 해줘 부탁이야

나는 왜 내가 이렇게 되었는지
나도 잘 모르겠어.

져주는 사랑

사랑 가운데는
져주는 사랑이 가장 좋은 사랑이고
슬그머니 눈감아줄 줄 아는 사랑
기다릴 줄 아는 사랑이 좋은 사랑이라는데
일찍이 그런 사랑을 배우지 못했던 것이다

사랑은 어디까지나 다투는 것이고
쟁취하는 것이고 빼앗는 것이고
때로는 구걸까지도 마다하지 않는
몰염치라고 잘못 알았던 것이다

어쩔래? 많이 늦었지만
그런 사랑을 좀 가르쳐주지 않겠니?
너에게 부탁한다.

목련꽃 낙화

너 내게서 떠나는 날
꽃이 피는 날이었으면 좋겠네
꽃 가운데서도 목련꽃
하늘과 땅 위에 새하얀 꽃등
밝히듯 피어오른 그런
봄날이었으면 좋겠네

너 내게서 떠나는 날
나 울지 않았으면 좋겠네
잘 갔다 오라고 다녀오라고
하루치기 여행을 떠나는 사람
가볍게 손 흔들듯 그렇게
떠나보냈으면 좋겠네

그렇다 해도 정말
마음속에서는 너도 모르게
꽃이 지고 있겠지
새하얀 목련꽃 흐득흐득
울음 삼키듯 땅바닥으로
떨어져 내려앉겠지.

하나님만 아시는 일

사랑하는 사람 있지만
이름을 밝힐 수 없어요

이름을 밝히면 벌써
그 마음 변하기 때문이지요

혼자서도 떠오르는 얼굴 있지만
얼굴을 알려줄 수 없어요

얼굴을 알려주면 벌써
그 마음 사라지기 때문이지요

그것은 오직
하나님만 아시는 일이에요.

말은 그렇게 한다

너 떠난 뒤
너 없이 나
어떻게 살 것인지
모르지만

나 떠난 뒤
나 없이도 너
잘 살아라
씩씩하게 살아라

아침에 새로 피는
꽃처럼
한낮에 하늘 나는
새처럼

말은 그렇게 한다.

웃기만 한다

하나님은 나를 사랑하시고

하나님이 사랑하시는 나는
너를 사랑한다

내가 사랑하는 너는
누구를 사랑하느냐?

너는 웃기만 한다.

보석

가질 수 없지만 갖고 싶다

주얼리 가게에 진열된
나비 모양의 귀걸이

저 귀걸이 하고 다닐
어여쁜 아이

팔랑팔랑 또 하나
나비되어 다닐 아이

옆에 없는 네가 더 예쁘다.

그 애의 꽃나무

그 애가 예뻐졌어요
몰라보게 예뻐졌어요
내가 그 애를 사랑해줘서
그런 것만은 아니에요
나 말고도 더 많은 사람들
그 애를 사랑해줘서 그렇지요

그건 확실히 그래요
꽃나무들도 사랑받을 때
예뻐지고 가장 예쁜 꽃을 피운다 하지요
햇빛의 사랑으로
바람과 이슬과 빗방울의 사랑으로
가장 예쁜 잎을 내밀고
가장 예쁜 꽃을 피운다 하지요

그래서 그 애는 꽃나무예요
나에게 꽃나무이고
나 말고도 많은 사람들에게 꽃나무예요
우리들이 피운 그 애의 꽃
오래오래 지지 않기를 빌어요.

별을 사랑하여

말갛게 푸르게 개인 하늘이었다가
흰 구름이었다가 흐린 날이었다가
천둥번개였다가 깜깜한 밤이었다가

아니, 아니
호들갑스런 새소리였다가 명랑한 물소리였다가
나비 날개의 하느적임이었다가
바람에 몸을 뒤채는 수풀이었다가

너를 생각하면 나는
오만가지 마음으로 변하고
너를 만나면 다시
오만가지 변덕을 부리곤 한다

허지만, 허지만 말이다
너를 사랑함으로 하여
더욱 내가 순해지고 깊어지고
끝내는 구원받는 그 어떤 사람이고 싶은 것

이것이 나의 마지막 소원이기도 하다.

산수유꽃 진 자리

사랑한다, 나는 사랑을 가졌다
누구에겐가 말해주긴 해야 했는데
마음 놓고 말해줄 사람 없어
산수유꽃 옆에 와 무심히 중얼거린 소리
노랗게 핀 산수유꽃이 외워두었다가
따사로운 햇빛한테 들려주고
놀러온 산새에게 들려주고
시냇물 소리한테까지 들려주어
사랑한다, 나는 사랑을 가졌다
차마 이름까진 말해줄 수 없어 이름만 빼고
알려준 나의 말
여름 한철 시냇물이 줄창 외우며 흘러가더니
이제 가을도 저물어 시냇물 소리도 입을 다물고
다만 산수유꽃 진 자리 산수유 열매들만
내리는 눈발 속에 더욱 예쁘고 붉습니다.

들 밖의 길

한 사람이
걷고 걸어서
들판에 가늘은
길이 하나 생기고
그 길을 따라 새소리며
앉은뱅이꽃 냉이풀꽃서껀
무릎걸음으로 다가와 앉고
이슬의 깃발을 든 각시풀들도
마중 나오고
날 저물어 밤이 오면
하늘의 달님이며
별들도 내려와 그 길을
비춘다.

숙이의 봄

봄이 와 슬프냐고 물으면
숙이는 안 그렇다고 말한다

봄이 와 가슴이 울렁거리느냐고 물으면
숙이는 살그머니 고개를 흔든다

봄이 와 울고 싶으냐고 물으면
숙이는 무심한 눈빛으로 먼 하늘을 한번 바라본다

봄이 와 슬프고 가슴이 울렁거리고
울고 싶은 사람은 나

봄이 와도 숙이는 다만
단발머리가 예쁜 아가씨.

또다시 묻는 말

또다시 사랑은 무엇일까?
아무리 생각해보아도 그것은
얼만큼 거리를 두고 바라다보는 것

그렇다! 너를
산을 바라보듯 바라보고
강물을 바라보듯 바라보고
꽃을 바라보듯 바라보는 것

그리하여 네가
산이 되게 하고
강물이 되게 하고
드디어 꽃이 되게 하는 것

때로는 네 옆에서 나도
산이 되어 보고
강물이 되어 보고
꽃이 되어 보기도 하는 것.

물푸레나무 그늘 아래

꽃이 피어 있었을까?
새가 울고 있었을까?
그런 것은 몰라도 좋았다

얘, 발을 좀 보여주지 않을래?
부끄러워서 싫어요

꽃이 피어 있었을까?
새가 울고 있었을까?
그런 것은 다시금 몰라도 좋았다

얘, 물이 차고 맑은데 우리
개울물에 발을 좀 담그지 않을래?
그럴까요……

맑은 물 푸르게 흐르고
물푸레나무들 그늘 또한
맑고 푸르게 흐르는 개울 가

네 조그만 맨발에 올망졸망 매달린
조그만 발가락들이 콩꼬투리 팥꼬투리처럼
꼬물대는 것이 너무나도 귀여워서 나는
속으로 웃음이 나왔다.

화살기도

아직도 남아 있는 아름다운 일들을
이루게 하여 주소서
아직도 만나야 할 좋은 사람들을
만나게 하여 주소서
아멘이라고 말할 때
네 얼굴이 떠올랐다
퍼뜩 놀라 그만 나는
눈을 뜨고 말았다.

바로 말해요

바로 말해요 망설이지 말아요
내일 아침이 아니에요 지금이에요
바로 말해요 시간이 없어요

사랑한다고 말해요
좋았다고 말해요
보고 싶었다고 말해요

해가 지려고 해요 꽃이 지려고 해요
바람이 불고 있어요 새가 울어요
지금이에요 눈치 보지 말아요

사랑한다고 말해요
좋았다고 말해요
그리웠다고 말해요

참지 말아요 우물쭈물하지 말아요
내일에는 꽃이 없어요 지금이에요
있더라도 그 꽃은 아니에요

사랑한다고 말해요
좋았다고 말해요
당신이 오늘은 꽃이에요.

이별 예감

장마 그쳐 갠 하늘
말간 하늘 바람 불어
흰 구름이 점점 높아간다

단층집에서 2층, 3층집으로
드디어 고층아파트
대저택, 대리석 궁전으로……

그런데, 그런데 말이다
저 높은 곳에서 네가 나를 바라보고
있다면
내가 또 너를 내려다보고 있다면……

그런데, 그런데 말이다
네가 나를 끝내 알아보지 못하고
나도 너를 알아보지 못한다면……

어쩔까, 그 안타까움 어쩔까,
생각만으로도 미리
가슴 쩌릿하다.

그 아이

날마다 마음의 빛
어디서 오나?
그 아이한테서 오지

날마다 삶의 기쁨
어디서 오나?
여전히 그 아이한테서 오지

그 아이 있어
다시금 반짝이고
싱그러운 세상

그 아이에게 감사해
날마다 빛을 주고
기쁨 주는 그 아이에게 감사해.

눈사람

밤을 새워 누군가 기다리셨군요
기다리다가 기다리다가 그만
새하얀 사람이 되고 말았군요
안쓰러운 마음으로 장갑을 벗고
손을 내밀었을 때
당신에겐 손도 없고
팔도 없었습니다.

기다리는 시간

기다리는 시간이 길다

번번이 조그맣고 둥그스름한 어깨
치렁한 머릿칼
작지만 맑고도 깊은 눈빛은
쉽게 나타나주지 않는다

기다리는 시간은 짧아도 길다

저만큼 얼핏 눈에 익은 모습 보이고
가까이 손길 스치기만 해도
얼마나 나는 가슴 찌릿
감격해야만 했던가

혼자서 돌아가는 외로운 지구 위에서
언제나 나는 기다리는 사람
그러나 기다리며 산 시간들
촘촘하고 질기고 아름다웠다고 말하리.

선물

나에게 이 세상은 하루하루가 선물입니다
아침에 일어나 만나는 밝은 햇빛이며 새소리,
맑은 바람이 우선 선물입니다

문득 푸르른 산 하나 마주했다면 그것도 선물이고
서럽게 서럽게 뱀 꼬리를 흔들며 사라지는
강물을 보았다면 그 또한 선물입니다

한낮의 햇살 받아 손바닥 뒤집는
잎사귀 넓은 키 큰 나무들도 선물이고
길 가다 발밑에 깔린 이름 없어 가여운
풀꽃들 하나하나도 선물입니다

무엇보다도 먼저 이 지구가 나에게 가장 큰
선물이고
지구에 와서 만난 당신,
당신이 우선적으로 가장 좋으신 선물입니다

저녁 하늘에 붉은 노을이 번진다 해도 부디
마음 아파하거나 너무 섭하게 생각지 마세요
나도 또한 이제는 당신에게
좋은 선물이었으면 합니다.

참말로의 사랑은

참말로의 사랑은
그에게 자유를 주는 일입니다
나를 사랑할 수 있는 자유와
나를 미워할 수 있는 자유를 한꺼번에
주는 일입니다
참말로의 사랑은 역시
그에게 자유를 주는 일입니다
나에게 머물 수 있는 자유와
나를 떠날 수 있는 자유를 동시에
따지지 않고 주는 일입니다
바라만 보다가
반쯤만 눈을 뜨고
바라만 보다가.

마지막 기도

더 이상 그를
사랑하지 않게 해주십시오
사랑하는 마음이 언젠가
미움의 마음으로 변할까 걱정입니다

어떤 경우에도 그를
미워하지 않게 해주십시오
그를 사랑했던 마음
오래오래 후회될까 봐 걱정입니다.

사랑은 언제나 서툴다

서툴지 않은 사랑은 이미
사랑이 아니다
어제 보고 오늘 보아도
서툴고 새로운 너의 얼굴

낯설지 않은 사랑은 이미
사랑이 아니다
금방 듣고 또 들어도
낯설고 새로운 너의 목소리

어디서 이 사람을 보았던가……
이 목소리 들었던가……
서툰 것만이 사랑이다
낯선 것만이 사랑이다

오늘도 너는 내 앞에서
다시 한 번 태어나고
오늘도 나는 네 앞에서
다시 한 번 죽는다.

그 말

보고 싶었다
많이 생각이 났다

그러면서도 끝까지
남겨두는 말은
사랑한다
너를 사랑한다

입속에 남아서 그 말
꽃이 되고
향기가 되고
노래가 되기를 바란다.

이별에게

누가 시든 꽃을
아깝다 하랴
누가 버린 꽃을
기억한다 하랴

하루 종일 외로워하며
잊어버리고
밤새도록 슬퍼하며
마음을 끊는다

잘 가라 사랑했던
한 시절의 날들이여

빛나는 눈빛만
향그러운 숨소리만 조금
남겨다오

부디 아프지 말고
여봐란 듯 잘 살아라.

너는 바보다

꽃을 사랑한다고 말하면서
꽃을 꺾지 마라
꽃을 밟지 마라
모든 사랑에는 금기가 있다

강물을 좋아한다 말하면서
강물에 돌 던지지 마라
쓰레기 버리지 마라
모든 사랑에는 철조망이 있다

장미꽃을 살그머니 흔들고만 가는
산들바람을 보아라
제 몸을 송두리째 담그고서도
강물에 상처내지 않는 나무를 보아라

저것이 사랑의 원본
아직도 그걸 몰랐다면
너는 바보다.

사는 법

그리운 날은 그림을 그리고
쓸쓸한 날은 음악을 들었다

그리고도 남는 날은
너를 생각해야만 했다.

연

오래
기다리셨습니다

드릴 것은
조그만 마음뿐입니다

부디 오래
머물다 가십시오

바람에겐 듯
사랑에겐 듯.

황홀 극치

황홀, 눈부심
좋아서 어쩔 줄 몰라 함
좋아서 까무러칠 것 같음
어쨌든 좋아서 죽겠음

해 뜨는 것이 황홀이고
해 지는 것이 황홀이고
새 우는 것 꽃 피는 것 황홀이고
강물이 꼬리를 흔들며 바다에
이르는 것 황홀이다

그렇지, 무엇보다
바다 울렁임, 일파만파, 그곳의 노을,
빠져 죽어버리고 싶은 충동이 황홀이다

아니다, 내 앞에
웃고 있는 네가 황홀, 황홀의 극치다

도대체 너는 어디서 온 거냐?
어떻게 온 거냐?
왜 온 거냐?
천 년 전 약속이나 이루려는 듯.

초라한 고백

내가 가진 것을 주었을 때
사람들은 좋아한다

여러 개 가운데 하나를
주었을 때보다
하나 가운데 하나를 주었을 때
더욱 좋아한다

오늘 내가 너에게 주는 마음은
그 하나 가운데 오직 하나
부디 아무 데나 함부로
버리지는 말아다오.

꽃

다시 한 번만 사랑하고
다시 한 번만 죄를 짓고
다시 한 번만 용서를 받자

그래서 봄이다.

그리움

가지 말라는데 가고 싶은 길이 있다
만나지 말자면서 만나고 싶은 사람이 있다
하지 말라면 더욱 해보고 싶은 일이 있다

그것이 인생이고 그리움
바로 너다.

아무르

새가 울고
꽃이 몇 번 더 피었다 지고
나의 일생이 기울었다

꽃이 피어나고
새가 몇 번 더 울다 그치고
그녀의 일생도 저물었다

닉네임이 흰 구름인 그녀,
그녀는 지금 어느 낯선 하늘을
흐르고 있는 건가?

아무르, 아무르 강변에
꽃잎이 지는 꿈을 자주 꾼다는
그녀의 메일이 왔다

아무르, 아무르 강변에
새들이 우는 꿈을 자주 꾼다고
나도 메일을 보냈다.

마주 보며

딸은 멀어지며
커지는 사람이고

아버지는 남아서
작아지는 사람

딸은 그래서
큰 별이 되고

아버지는 드디어
작은 별이 되는 사람

둘이서 마주 보며
마주 보며.

포옹

춥다
가까이 오라

자꾸만 몸을 뒤채지 마라
창밖에 바람이 불어요

아니야
마음속으로 바람이 지나가는 거야.

이별

사랑해
사랑해
사랑해

알았어
알았어
잘있어

울지마
울지마
울지마.

한 사람을 사랑하여

내 딴으로는 이 시집이 신앙시집인 셈입니다.
특별히 신앙적인 요소나 내용을 강조하지는 않았지만 이 시집에 자주 나오는 '한 사람'이 예수님이고 또 인간의 몸으로 오신 하나님이십니다.
나는 늘 그분 앞에 한 사람으로 섰었고 또 그분의 선택을 받았습니다.
바로 한 사람으로서의 선택입니다.
또한 그분도 언제나 한 사람으로 제 앞에 서 계셨습니다.
내가 눈 감고 있거나 심시어 모른다 부정을 하고 있을 때에도 그분은 내 앞에 계셨고 심지어 이미 내 안에 들어와 계셨습니다.
그분이 나와 한 몸이 되기를 원하신 까닭입니다.
참으로 감사한 일이고 감격의 일입니다.
그 힘으로 살았습니다.
아니, 그분은 심지어 나의 육신을 통해 당신의 기적을 보여주시기도 했습니다.
내가 순간순간 숨을 쉬고 하루하루 살아가고 있음이 또한 기적의 증거입니다.
앞으로도 그 힘과 보살핌과 은총으로 살아갈 것입니다.
한 사람을 사랑하여 더 많은 사람을 사랑할 수

있었음을 감사하게 생각합니다.

오래, 한 사람 앞에 무릎 꿇은 한 사람으로 살고 싶습니다.

지구의 마지막 날까지 그분의 선택과 은총이 내게서 떠나지 않기를 감히 소망합니다.

한 사람을 사랑하여

Always You

지은이 나태주
펴낸곳 주식회사 홍성사
펴낸이 정애주
국효숙 김의연 김준표 박혜란 손상범
송민규 안지애 오민택 임영주 차길환

2022. 2. 7. 초판 발행 2023. 1. 20. 3쇄 발행

등록번호 제1-499호 1977. 8. 1.
주소 (04084) 서울시 마포구 양화진4길 3 전화 02) 333-5161 팩스 02) 333-5165
홈페이지 hongsungsa.com 이메일 hsbooks@hongsungsa.com
페이스북 facebook.com/hongsungsa
양화진책방 02) 333-5163

ISBN 978-89-365-0379-6 (03810)